Nackte Schimpansen
und andere Geschichten für Wasserratten

Der Autor

Thorsten Falke, Jahrgang 1962, war in den 1980er-Jahren als Filmvorführer und anschließend als Trickfilmkameramann tätig; heute arbeitet er als Layouter in der DTP-Abteilung eines Verlages.

Nach seinem Fernstudium (1992/93) an der Schule des Schreibens der Axel Andersson Akademie, Hamburg veröffentlichten die *Berliner Morgenpost*, der *Tagesspiegel* und Zeitschriften wie *P.M.*, *Fossilien* und *Welt der Wunder* populärwissenschaftliche Artikel von ihm, vor allem Tierporträts und Reiseberichte. Im Jahr 2010 folgte der Roman *Das Jahr der zwei Welten*, eine Liebesgeschichte aus der Zeit, als das Kino noch nicht digital war.

Heute schreibt Thorsten Falke vorwiegend Kurzgeschichten, die er regelmäßig im Rahmen öffentlicher Lesungen vorstellt.

Thorsten Falke

Nackte Schimpansen

und andere Geschichten für Wasserratten

© 2014 Thorsten Falke
Alle Rechte vorbehalten.
Satz und Umschlaggestaltung: Thorsten Falke;
gesetzt aus der Caslon Pro mit Adobe InDesign.

Herstellung und Verlag:
BoD – Books on Demand, Norderstedt
ISBN 978-3-73572-565-3

Bibliografische Information der Deutschen Nationalbibliothek:
Die Deutsche Nationalbibliothek verzeichnet diese Publikation
in der Deutschen Nationalbibliografie; detaillierte bibliografische Daten sind im Internet über *www.dnb.de* abrufbar.

Inhalt

Das Gute an einem See ist, dass er wie ein Magnet
die Blicke auf sich zieht. Man kann Stunden damit
verbringen, sich in seinen Anblick zu vertiefen,
ohne irgendwas zu tun …

Alain Guiraudie,
Regisseur des Films *Der Fremde am See*

Sichtweisen _____

Sobald einer von denen auf Muschelsuche geht oder sich den Fischen zur Schau stellt, unterzieht sie dessen Revier einer eingehenden Prüfung. (aus *Paradiesvögel)*

Paradiesvögel 〜〜〜〜

Dieser Strand ist ihr Strand. Hier auf Menorca, in der Cala Macarelleta, lebt sie schon seit Jahren, und sie vertreibt jeden, der ihr dieses angestammte Recht streitig zu machen versucht. Tag für Tag stolziert sie durch den Sand und hat ein wachsames Auge auf ihre Gäste. Die kommen meist auf einem schmalen Pfad die Felswand heruntergekraxelt und stecken dann am Strand Reviere ab. Vor allem an sonnigen und warmen Tagen ist ihr kleines Paradies derart überbelegt, dass sie, die sie hier zu Hause ist, kaum noch Platz für ihre Rundgänge findet und sich notgedrungen auf die Felsen an den Rändern der Bucht zurückziehen muss.

Im Laufe der Zeit hat sie gelernt, zwei Spezies zu unterscheiden: Die »Durchzügler« kommen – manchmal in Herden – zwischen den Bäumen hinter dem Strand hervor und steigen den felsigen Pfad hinauf, nachdem sie ihre gekühlten Füße wieder in die Hufe gezwängt haben – oder aber sie klettern von oben herunter und verschwinden nach ihrem Fußbad im Wald.

Die »Standorttreuen« dagegen, erkennbar an ihren abwerfbaren Fußsohlen, kehren fast täglich zurück und bleiben dann meist für mehrere Stunden. Doch nach zwei oder drei Wochen lassen auch sie sich nicht mehr blicken, und ihre verwaisten Reviere fallen an Neuankömmlinge.

Am angenehmsten sind jene Tage, an denen sich häufig Wolken vor die Sonne schieben; dann mischt sie sich unauffällig unter die wenigen Revierbesetzer. Sobald einer von denen auf Muschelsuche geht oder sich den Fischen zur Schau stellt, unterzieht sie dessen Revier einer eingehenden Prüfung. Alles, was dabei ein knisterndes Geräusch von sich gibt, erregt ihre Aufmerksamkeit, ganz besonders jene außen roten und innen silbrigen Beutel mit den leicht zerbröselnden salzigen Scheibchen darin. Wenn sie so einen gefüllten Ballon in den Schnabel bekommt, kann sie nicht anders: Sie zerrt ihn unter Handtüchern oder aus Rucksäcken hervor, schwingt sich damit in die Luft und fliegt hinaus aufs offene Meer. Das ist *ihr* Traum: So, wie einst die *Möwe Jonathan* gelernt hat, aus großer Höhe im Sturzflug aufs Meer hinabzuschießen, will sie das Kunststück vollbringen, den Inhalt ihres rötlich glänzenden Schatzes im Flug zu vertilgen.

Die Aktion endet allerdings immer damit, dass ihr die Beute unterwegs aus dem Schnabel rutscht. Hat sie Glück und die Folie ist bereits aufgerissen, kann sie manchmal wenigstens noch eines der herauspurzelnden Scheibchen auffangen, bevor der Rest auf die Wasseroberfläche hinabsegelt.

Jedes Mal, wenn sie nach so einem misslungenen Versuch zum Strand zurückfliegt, haben die Besetzer ihre Reviere verlassen und stehen am Wasser; einige richten einäugige Apparate auf sie, andere zeigen nur aufgeregt zu ihr empor. Irgendwann schwimmt dann einer los und rettet den Schatz, dessen Besitzer aber meist nur noch wenig Interesse dafür zeigt.

Bei einsetzender Dämmerung leert sich der Strand. Nur gelegentlich muss sie ihn dann noch mit Vertretern einer dritten Spezies teilen, den »Paradiesvögeln«, die ihre luftigen, farbenprächtigen Gewänder ablegen und die Nacht zu dritt oder zu viert in der kleinen Höhle unterhalb des Felspfades verbringen.

Im vergangenen Sommer hat sich einer dieser Nachtschwärmer an der Felswand über der Höhle als Künstler versucht.

Mehr als ein paar lange rote Linien und Bögen kamen dabei allerdings nicht heraus; für all jene, die der englischen Sprache mächtig sind, ergaben die Striche das Wort NUDE. Was Regen und Sturm im Laufe des Winters davon übrig ließen, war so unansehnlich, dass es im Frühjahr von ein paar Kletterern in Uniform abgekratzt wurde. Nun, die Jäger und Sammler vor 20 000 Jahren haben die Höhlen nicht umsonst nur *innen* bemalt. Ihren Nachfahren fehlt es offenbar nicht nur am nötigen Geschick, sie scheinen auch jeden Sinn fürs Praktische verloren zu haben. Aber wen wundert das schon? *Am weitesten sieht, wer am höchsten fliegt*, lautet ein altes Möwensprichwort – und fliegen konnten die ja noch nie!

⌇⌇⌇⌇⌇ *Nackte Schimpansen*

Der Mensch ist der dritte Schimpanse, schrieb der Evolutionsbiologe Jared Diamond – und tatsächlich wissen wir heute, dass Schimpanse, Bonobo und Mensch genetisch näher miteinander verwandt sind als der Schimpanse mit dem Gorilla.

Der Mensch ist ein Ufertier, glaubt der Anthropologe Carsten Niemitz – und tatsächlich findet seine These, der aufrechte Gang entwickelte sich nicht in der Steppe, sondern beim Waten durchs Flachwasser, immer mehr Anhänger.

Anja, Frank, Jason und Guillermo rennen auf den Badesteg hinaus; sie sind alle um die zwanzig und sprechen Englisch miteinander. Jason nimmt die zierliche Anja auf den Arm und tut so, als wollte er sie ins Wasser werfen. Sie kreischt – doch jeder weiß, dass sie nicht wirklich Angst hat. So dauert es nicht lange, bis Frank Jason einen Schubs gibt und der zusammen mit Anja im Wasser landet. Frank und Guillermo springen hinterher, und gemeinsam schwimmen die vier auf den See hinaus.

Am gegenüberliegenden Ufer hangeln derweil einige Teenager durch die Krone eines alten Baums: Sie klettern den schrägen Stamm hinauf, balancieren fünf Meter über dem Wasser einen Ast entlang und halten sich dabei an den Zweigen über ihren Köpfen fest. Dann lassen sie sich fallen, allein oder zu zweit; besonders Mutige klettern noch höher hinauf und springen kopfüber in den See. Kaum haben die jungen Wasserratten wieder Grund unter den Füßen, waten sie zurück ans Ufer und das Spiel beginnt von Neuem.

Frank und Anja steigen die Leiter hoch, während sich Jason und Guillermo direkt am Steg aus dem Wasser stemmen. Anja legt sich auf den harten Beton und lässt die Füße im Wasser baumeln. Sie genießt es, von ihren drei Freunden umringt zu sein, und richtet sich wieder auf. Jason setzt sich mit gegrätschten Beinen hinter sie und beginnt, ihr die Schulter zu massieren. Guillermo schließt sich an: Er knetet an Jasons Haut herum, und sein Rücken wird schließlich von Frank in die Mangel genommen.

Anja und ihre Gefährten beobachten die Kids gegenüber.

»Der Baum muss ganz schön was aushalten«, meint Jason.

Anja dreht den Kopf und strahlt ihn an: »Du, als Kind bin ich auch gern auf Bäume geklettert.«

»Wer denn nicht?«, wirft Frank ein. »Aber was die da drüben treiben …«

»Tja, Affe und Mensch haben halt gemeinsame Vorfahren«, spottet Guillermo.

Hämisch lachend fahren die vier nackten Schimpansen mit den gegenseitigen Wellnessanwendungen fort. Ihre haarigen Verwandten zeigen übrigens ein ähnliches Verhalten: die soziale Fellpflege, früher »lausen« genannt.

Erster Teil

Sommerfreunde _____

In dieser Haltung hätte ich vermutlich selbst hartnäckigste Leugner der Evolutionstheorie davon überzeugt, dass Affe und Mensch gemeinsame Vorfahren haben.

(aus *Wasserspiele)*

Wasserspiele ∿∿∿∿

Der Typ in der dunklen Softshelljacke rührte sich nicht. Er stand gefährlich nah an der Abbruchkante. Das Kliff westlich von Bansin gehört zu den höchsten auf Usedom; es ist Wind und Wellen schutzlos ausgeliefert, und seine Hänge kommen regelmäßig ins Rutschen.

Mein Herz hämmerte, als stünde ich selbst dort am Abgrund, als blickte ich selbst in die Tiefe hinunter auf die toten, entwurzelten Bäume, die teils noch am Hang, teils schon an dem kilometerlangen Ostseestrand lagen. Binnen Sekunden schossen Bilder, Worte und Gedanken durch meinen Kopf: Ich dachte an einen Freund, der von seinem Bürofenster aus zweimal Kollegen hatte in den Tod springen sehen; mir kam Arto Paasilinnas Roman *Der wunderbare Massenselbstmord* in den Sinn, in dem ein vom Leben enttäuschter Finne per Zeitungsanzeige Gleichgesinnte sucht, um sich in einem Bus gemeinsam eine Klippe hinabzustürzen; und war nicht nahezu jeder Fernsehkommissar schon einmal auf Brücken oder Hochhausdächern herumgeschlichen, um Lebensmüde von ihrem letzten und einzigen Flug abzuhalten?

Ich war nicht zum Helden geboren. In brenzligen Situationen hielt ich mich gern im Hintergrund – ein Erbe der Evolution. Jede Tierart kennt mutige und vorsichtige Individuen; die Natur will das so, weil Draufgänger häufiger ihren Feinden zum Opfer fallen. Doch diesmal hatte ich keine Wahl: Wenn ich nicht eingriffe, jetzt, sofort, dann würde sich der arme Kerl da vorn in wenigen Augenblicken in die Luft schwingen; sein Körper würde an Ästen entlangschrammen, von Felsbrocken abprallen, den Hang hinunterkugeln und schließlich verrenkt oder zerschmettert in einer roten Lache unten am Strand zum Liegen kommen. Ich stieg über den Holzzaun, der den Wanderweg begrenzte, rannte ein paar Schritte auf den Unbekannten zu – und erstarrte, als ich sah, dass er nichts weiter tat, als geräuschlos in die Tiefe zu pinkeln.

Der Mann wandte sich erschrocken um; er war noch recht jung, vielleicht Ende zwanzig.

Meinen glühenden Wangen nach zu urteilen hätte ich es in diesem Moment vermutlich mit jedem Leuchtturm auf Usedom aufnehmen können. Mit zitternden Händen begann ich selbst, an meiner Hose herumzufingern – das war das Einzige, was mir einfiel, um in dieser peinlichen Situation nicht wie ein kompletter Idiot dazustehen. »Geile Idee«, stammelte ich und versuchte, meiner Blase ein kleines Rinnsal abzutrotzen.

»Ladehemmung?«, fragte der junge Mann, während er seinen Reißverschluss hochzog.

»Also, um ehrlich zu sein: Ich kann einfach nicht, wenn jemand neben mir steht.«

»So? Na, dann lasse ich dich jetzt wohl besser allein.«

»Nein!«, schrie ich, denn für den Bruchteil einer Sekunde spukte noch einmal das Gespenst seines bevorstehenden Suizids durch mein Gehirn.

Er warf mir einen angewiderten Blick zu und drehte sich kopfschüttelnd um. Dann ging er zum Zaun zurück und stieg hinüber.

Ich folgte ihm. »Warte! Es ist nicht so, wie du denkst.«

»Bleib mir bloß vom Leib!«

»Hör mir doch mal zu, bitte! Ich dachte doch nur …«

»Ist mir egal, was du dachtest. Verschwinde!«

»Ich wollte dich doch nur davon abhalten …«

»Hau ab!«

»Ich dachte, du wolltest springen!«

Er blieb abrupt stehen und sah mich an. »Was? Du dachtest … Sag mal, hältst du mich für völlig lebensmüde?« In seine Stimme mischte sich ein Hauch von Unsicherheit: »Äh … ich meine: Für wie bescheuert hältst du mich eigentlich? Wo… wohin hätte ich denn springen sollen? Etwa auf den Baum da unten am Hang?«

Schweigend hielt ich seinem Blick stand.

Seine Gesichtszüge entspannten sich wieder. »Du hast das wirklich geglaubt, oder? Du dachtest, ich wollte … mich umbringen?«

»Ja, verdammt! Du hättest dich ja wie jeder andere hinter irgend'nen Busch stellen können.«

Er grinste. »Klar, hätt' ich. Aber die Aussicht war einfach zu geil. Hast du selbst gesagt.«

»Ich wäre aber trotzdem nicht auf so 'ne blöde Idee gekommen.«

»Sicher nicht. Weil du verklemmt bist.«

»Ich bin nicht verklemmt.«

»Nein? Na, dann ist wohl nur dein Schließmuskel verklemmt.«

»Ach, lass mich doch in Ruhe.« Ich ging an ihm vorbei und lief auf dem Wanderweg ein paar Schritte vor.

»He, warte! Wo willst du eigentlich hin?«

»Runter nach Ückeritz.«

»Okay, dann komm ich mit. Immerhin hast du mir sozusagen das Leben gerettet – da kann ich dich doch nicht so einfach abziehen lassen.«

»Sehr witzig!«, gab ich genervt zurück.

»Na gut, noch mal im Konjunktiv: Du *hättest* mir das Leben gerettet. Der gute Wille zählt.«

»Mir kommen gleich die Tränen.«

»Mann, ich mein' das doch im Ernst. Du hättest ja auch einfach vorbeigehen können – bist du aber nicht.«

»Nein – weil ich dann dran gewesen wäre wegen unterlassener Hilfeleistung«, konterte ich.

Er lachte. »Sag mal, wollen wir diesen Quatsch nicht lassen und uns wie normale Menschen unterhalten?«

»Ist einer, der eine Klippe runterpinkelt, normal?«

»Manchmal braucht man eben einen Kick – du etwa nicht?«

»Nicht so. Ich muss mich nicht in Gefahr bringen für so was.«

»Du bist wohl nicht nur verklemmt – du bist auch ein ziemlicher Langweiler.« Er versuchte, mit mir Schritt zu halten, und blickte mich von der Seite an, als erwartete er eine Reaktion. »Nein, bist du nicht«, korrigierte er sich in versöhnlichem Ton. »Wahrscheinlich bist du sogar ganz okay.«

Wir folgten dem Waldweg und erreichten bald das flachere westliche Ende des Kliffs. Um an den Strand zu gelangen, mussten wir noch ein Stück weiter abwärts ins Inselinnere wandern, um dann unten auf dem parallel verlaufenden Sandweg wieder zum Meer zurückzukehren.

Der waghalsige Spinner an meiner Seite hätte am liebsten die Abkürzung den Hang hinunter genommen: »Hier runter! Das schaffen wir doch, meinst du nicht?«

Ich ließ ihn einfach stehen – auch auf die Gefahr hin, dass er mich einmal mehr für ein Weichei hielt.

Er kam mir hinterhergehechtet und seufzte: »Na schön, dann machen wir halt einen Umweg.«

Am Strand passierten wir die ersten Buhnenreihen, von denen auf dem Weg nach Ückeritz viele im Abstand von jeweils hundert Metern ins Meer hinausragten.

Ich zog meine Schuhe aus und lief barfuß durchs Flachwasser. »Warst du schon drin?«, fragte ich.

»Im Wasser? Nee, ist doch noch ziemlich kalt, oder?«

»Man gewöhnt sich dran. Willst du?«

Er schüttelte den Kopf. »Ich hab keine Badehose dabei.«

»Ich auch nicht«, gab ich zurück, während ich mir Pullover und T-Shirt über den Kopf zog.

»Aber hier kommen doch Spaziergänger vorbei.«

Ich lachte nur und ließ meine Jeans samt Slip in den Sand fallen. »Ha, und ausgerechnet du sagst *mir*, ich sei verklemmt. Aber mach, was du willst.«

Vom Wasser aus beobachtete ich, wie er unschlüssig in alle Richtungen blickte, als wollte er sich davon überzeugen, außerhalb der Sichtweite sämtlicher Strandwanderer zu sein, die sich heute noch auf den Weg machen würden. Dann zog er sich aus und folgte mir. »Oh Mann, erst rettest du mich und dann soll ich hier vor Kälte krepieren.«

»Jetzt hab dich nicht so! Denk dran: Je tiefer du reingehst, desto weniger kann ich dir weggucken.«

Er verdrehte nur die Augen und kam langsam auf mich zu.

»Mutig, mutig!«, rief ich.

»Ist ja gut«, entgegnete er. »Hör auf, hier einen auf cool zu machen. Wir sind jetzt quitt, okay?«

Wir schwammen ein Stück nebeneinanderher und ließen uns dann von den Wellen auf eine Buhnenreihe zutreiben. An deren Ende sonnten sich ein Dutzend Kormorane. Um die Vögel nicht zu stören, nahm ich die Buhnen gegenüber ins Visier: »Wollen wir da rüber?«

Mein Mitschwimmer nickte nur kurz und startete durch. Er erreichte unser Ziel mit gut zehn Körperlängen Vorsprung. Als ich dort ankam, versuchte er bereits, sich an einem der Holzpfähle hochzuziehen, fand an der glitschigen Oberfläche aber keinen Halt.

»Was wird das denn?«, fragte ich ihn.

»Kormoran müsste man sein«, stöhnte er und gab seine Kletteraktion auf. Stattdessen schwamm er an der Pfahlreihe entlang zurück zum Strand. Im Flachwasser gelang ihm der Aufstieg, und er arbeitete sich mit ausgebreiteten Armen Schritt für Schritt und Pfahl für Pfahl voran. »Ist 'n tolles Gefühl, hier oben zu stehen!«, rief er und winkte mich zu sich. »Los, komm rauf!«

Gern wäre ich genauso leichtfüßig auf den Pfählen herumgetänzelt wie er, doch meine Schritte wurden immer unsicherer, je weiter ich mich vorwagte.

Er stand am Ende der Pfahlreihe und schüttelte nur mitleidig den Kopf. Dann kam er mir entgegen und reichte mir die Hand.

»Nein, lass«, wehrte ich ihn ab. »Wenn ich abrutsche, ziehe ich dich doch mit runter.«

»Na und? Dann fallen wir eben beide ins Wasser. Los, gib mir deine Hand.«

Einen Fuß hinter den anderen setzend, führte er mich langsam Buhne für Buhne weiter hinaus. Als wir am Ende der Reihe angelangt waren, sagte er: »So, ich lass jetzt los. Setz dich am besten hin.«

Mit rudernden Armen versuchte ich, in die Hocke zu gehen, verlor dabei aber das Gleichgewicht. Meine Füße standen nun auf zwei Pfählen und mit den Händen umklammerte ich einen dritten – in dieser Haltung hätte ich vermutlich selbst hartnäckigste Leugner der Evolutionstheorie davon überzeugt, dass Affe und Mensch gemeinsame Vorfahren haben.

Irgendwie gelang es mir dann aber doch, mich auf einer der letzten Buhnen niederzulassen. Aufatmend blickte ich zu meinem Helfer empor: »Danke.«

»Wofür?«

»Ohne dich wäre ich nicht bis hierher gekommen.«

»Du gehst nie ein Risiko ein, stimmt's?«

»Ich versuch's zu vermeiden, ja«, antwortete ich kleinlaut.

»Dann hast du dir sicher auch noch nie was gebrochen, oder?«

»Nein. Ganz im Gegensatz zu dir, nehme ich an. Wie nennt sich denn deine Nummer da vorhin, oben an der Klippe? *Ich bin dann mal weg* – für immer?«

»Wenn du so willst. Nur dass ich im entscheidenden Moment vor Angst pissen musste.«

Seine Antwort kam so spontan, dass mir das Lachen im Halse stecken blieb.

Vorsichtig balancierend setzte er sich neben mich und blickte zu den Kormoranen hinüber. »Würdest du gern fliegen können wie die da drüben?«

»Ja, vielleicht.«

»Muss schön sein, alles aus der Luft sehen zu können.« Er stieß mich mit dem Ellenbogen an. »Und nicht den Affen markieren zu müssen, um mal hier draußen zu sitzen, wie?«

»Oh ja. Wenn ich nur an den Rückweg denke ...«, seufzte ich.

»Och, der ist ganz einfach«, erwiderte er und richtete sich auf.

»Halt! Warte!«, rief ich und wollte ihn am Arm packen, doch es war zu spät: Er hatte sich einfach fallen lassen, und das Meer schien seinen Körper mit Haut und Haaren zu verschlingen.

»Verdammt, warum führst du mich erst hier raus, wenn du mich dann allein lässt!«, rief ich ihm nach. Natürlich rechnete ich damit, dass er jeden Moment wieder auftauchen und mich auslachen würde, weil ich mich nicht traute, ihm hinterherzuspringen – doch an der Wasseroberfläche war nicht der kleinste Schatten auszumachen. Wahrscheinlich schwimmt er gerade unter Wasser direkt zum Strand, dachte ich: Gleich wird er da hinten in der Brandung auftauchen und mir triumphierend zuwinken, dieser Mistkerl.

Doch er tauchte nicht auf. Nirgends.

»He, lass gefälligst diesen Unsinn!«, schrie ich. »Komm endlich hoch, verdammt noch mal!« Noch immer hoffte ich, er wollte mich nur herausfordern, mich testen, mich in Panik versetzen, weil ich vorhin von »unterlassener Hilfeleistung« gesprochen hatte. Aber konnte ein Mensch wirklich so lange unter Wasser bleiben? Von drei Minuten hatte ich mal etwas gelesen. Ja, genau: Mit ein bisschen Übung kann man drei Minuten lang die Luft anhalten! Ich hatte zwar jedes Zeitgefühl verloren, aber drei Minuten – die konnten einfach noch nicht vorbei sein.

Aber war er denn überhaupt ein so geübter Taucher? Doch, ja: Er hatte auf mich einen sportlichen Eindruck gemacht. Sein Körper war schlank und muskulös. Ganz bestimmt trieb er viel Sport. Ausdauersport – egal was. Er schafft das. Drei Minuten sind noch längst nicht rum!

Immer hektischer suchten meine Augen die Wasseroberfläche und den Strand ab. Ich blickte nach links und nach rechts und dann wieder nach links. Ich versuchte, jeden Quadratmeter zwischen mir und den Dünen im Blick zu behalten, in der Hoffnung auf ein Lebenszeichen von ihm. Lag nicht der Weltrekord im Free Diving sogar bei elf Minuten?

Ich zitterte am ganzen Körper. Vorsichtig rutschte ich ein Stück vor auf die Kante des Pfahls – so, als wollte ich mich von einem Badesteg hinunterlassen. Meine Hände konnten sich aber nicht lange an dem glitschigen Holz halten, und ich landete etwa an derselben Stelle im Wasser wie dieser tauchende Angeber.

Prustend blickte ich mich um: Ja, ungefähr hier musste er versunken sein. Ich holte einmal tief Luft und öffnete unter Wasser die Augen, doch die Sichtweite war schon einen halben Meter unter mir gleich null – das Meer war einfach zu aufgewühlt. Um mich herum konnte ich nichts entdecken, das auch nur schemenhaft an einen menschlichen Körper erinnert hätte.

Ich tauchte auf, schwamm ein Stück in Richtung Strand und sah mich dort erneut unter Wasser um – nichts. Ich schwamm wieder hinaus und suchte das Meer rund um die letzten Pfähle ab – keine Spur von ihm. Meine Schwimmbewegungen wurden immer unkontrollierter, und mir schossen die Tränen in die Augen: Offenbar hatte ich von Anfang an richtig gelegen – und hatte diesen hochgradig suizidgefährdeten Kerl trotzdem dazu verleitet, mit mir ins Wasser zu gehen! Grenzte das nicht schon an fahrlässiger Tötung?

Plötzlich flogen die Kormorane auf: Wie nach einer einstudierten Choreografie breitete einer nach dem anderen seine

Flügel aus und schwang sich in die Luft. Ich war mindestens achtzig Meter von ihnen entfernt, und außer mir sah ich weit und breit niemanden im Wasser. Auch von den Passanten am Strand hatten sich die Vögel bislang nicht stören lassen. Ein bellender Hund hätte vielleicht ihren Fluchtinstinkt geweckt – oder aber ein hinter den Buhnen auftauchender Klippenpinkler, der sich einen Spaß daraus macht, den Selbstmörder zu mimen!

Wütend schwamm ich zum Strand zurück. Ich schnappte mir sein Sweatshirt und wischte mir damit die gröbste Nässe vom Körper. Dann zog ich mich an, sammelte seine übrigen Sachen auf und lief weiter in Richtung Ückeritz.

Nach etwa drei Kilometern, kurz vor dem Strandaufgang des Dorfes, legte ich mich in den Sand, schob mir seine zusammengerollten Klamotten unter den Kopf und wartete.

Der Meisterschwimmer 〜〜〜〜

»Das hier ist wirklich der schönste Platz in ganz Berlin!«, schwärmt der junge Türke aus voller Überzeugung. »Ist wohl noch so was wie 'n Geheimtipp – bei Google® Maps ist der See jedenfalls nicht verzeichnet.«

Das werde ich nachprüfen, denke ich, und melde Zweifel an: »Da gibt's doch aber auch Luftbilder.«

»Ja, schon«, druckst er herum. »Aber auf den Karten, da ist das alles hier nur 'ne farbige Fläche. Deshalb kommen halt nur Insider her.«

Wir sitzen auf dem fest verankerten kleinen Badefloß inmitten des Teufelssees. Die große Liegewiese, auf die wir blicken, ist trotz des wolkenlosen Himmels an diesem Ostersamstag in der Tat nur mäßig besucht – was allerdings eher an dem kühlen Wind und der ebenfalls noch recht mäßigen Wassertemperatur liegen dürfte als an Google®.

»Ich find's hier auch sehr schön«, gebe ich zu, »vor allem jetzt, wo es noch so leer ist. Im Juli, wenn das Wasser erst wieder 'ne lauwarme Brühe ist, sitzen ja manchmal dreißig Leute hier oben.«

Der junge Mann grinst. »Stimmt. Hab ich erlebt letztes Jahr. War ziemlich kuschelig.«

»Bist du oft hier?«, frage ich ihn.

»Ab und zu. Hab den See letztes Jahr erst entdeckt. Aber seitdem fühle ich mich richtig wohl hier draußen, so mitten im Wald.«

Hinter uns markieren Bojen mit der Aufschrift *Naturschutzgebiet* das Ende der Badestelle. Jenseits dieser weißen Bälle ist die Natur sich selbst überlassen; entsprechend dicht bewaldet ist das Feuchtgebiet dort. Ein schmaler Schilfgürtel säumt das Ufer. Links von uns überragt ein alter Backsteinturm die Baumwipfel.

»Die Leute hier sind auch ganz okay«, fährt mein Badegenosse fort. »Nackte und Angezogene so dicht zusammen – und keinen stört's.« Er ist nur mit einer Halskette bekleidet. Ich nicke zustimmend, denn nach meinen Joggingrunden um den See trage ich jetzt beim Baden auch nur noch ein Armband mit meinem Schlüssel am Körper.

Er steht auf. »Also, mir wird's jetzt langsam zu kühl. Viel Spaß noch!«, ruft er mir zu, bevor er Anlauf nimmt und sich kopfüber in das etwa vierzehn Grad kalte Wasser stürzt.

Ich lehne mich zurück und genieße die wärmenden Strahlen der Nachmittagssonne. Von Zeit zu Zeit hebe ich den Kopf und schaue schmunzelnd zu, wie es drüben am Ufer die einen oder anderen Frostbeulen nur bis zu den Knien ins Wasser schaffen.

Nach einer Weile sehe ich zwei Männer aus unterschiedlichen Richtungen auf das Floß zukraulen.

Der Jüngere der beiden ist schneller: In seinen triefenden Badeshorts klettert er die Leiter hinauf und nickt mir freundlich zu. »Ich hätte nie gedacht, dass das Wasser noch so kalt ist.«

Als Nächster gesellt sich ein nahtlos braungebrannter älterer Mann zu uns. »Mensch, ist das noch kalt!«, sind auch seine Begrüßungsworte.

Eine Zeit lang genießen wir zu dritt die Ruhe mitten auf dem See. Ich beobachte weiter das Treiben an der Badestelle gegenüber: Eine junge Frau im Bikini kommt zum Wasser heruntergelaufen. Sie hat einen Hund dabei und weist ihn an, sich unter einen Baum am Ufer zu legen. Das folgsame Tier gehorcht und macht es sich im Schatten bequem. Ein paarmal noch gibt sie ihm Zeichen, dass er dort liegen bleiben soll. Ist ja gut, denke ich im Stillen, du traust dich doch sowieso nicht tiefer rein als bis zu den Knien – das wird der Kleine schon verkraften.

Zunächst wagt sich die junge Frau tatsächlich nur ein paar Schritte vor, ohne dabei ihren Hund aus den Augen zu lassen. Irgendwann jedoch scheint sie sicher zu sein, dass er ihr nicht folgen wird, streckt die Arme vor und wirft sich ohne das geringste Zögern ins Wasser.

Ich richte mich erstaunt auf und beobachte, wie sie sich unserem sonnenbeheizten Eiland nähert.

»Hallo«, grüßt sie freundlich, während sie schwungvoll die Leiter erklimmt. Kein Wort über das kalte Wasser – stattdessen stellt sie nur fest: »He, ist ja schon richtig angewärmt, die Insel.« Um ihren Hund im Blick zu behalten, setzt sie sich direkt neben mich; mir kommt der Spruch von den Nackten und den Angezogenen wieder in den Sinn.

»Bleib bloß da«, murmelt sie leise vor sich hin.

»Na ja, Frauchen ist ja in Sichtweite«, behaupte ich – ohne zu bedenken, dass ein Hund Menschen in größerer Entfernung nur wahrnimmt, wenn sie sich bewegen.

Sie starrt ein wenig besorgt in Richtung Ufer. »Mm … ja, schon, aber …«

In diesem Moment hebt der Hund den Kopf und steht auf. Er läuft die flache Uferböschung hinunter, tappst vorsichtig ein paar Schritte durchs Flachwasser und fängt plötzlich an, im typischen Hundestil loszupaddeln.

Die junge Frau lehnt sich vor. »Neiiin!«, ruft sie, »du sollst doch dableiben!« Kopfschüttelnd fügt sie hinzu: »Du brauchst doch Frauchen nicht zu retten.«

Der Hund paddelt unermüdlich weiter. Als er näher kommt, beugt sich meine Nachbarin zu ihm hinunter und streichelt über seinen Kopf. »Ja, Frauchen ist hier. Alles in Ordnung, siehst du?«

Der kleine Kerl schwimmt noch ein kurzes Stück am Rand des Floßes entlang – den Blick auf sein Frauchen gerichtet – und dreht schließlich ab. Ganz gemächlich paddelt er denselben Weg zurück, den er gekommen war. Als er wieder trockenen Sand unter den Pfoten hat, schüttelt er sich einmal kräftig und legt sich wieder unter seinen Baum.

Auf dem Badefloß herrscht derweil andächtige Stille: Keiner von uns kann den Blick lösen von dem zottigen Meisterschwimmer, der jetzt wieder am Ufer vor sich hindöst, als wäre nichts geschehen.

»Hunde sind schon schlau«, breche ich das Schweigen, »die legen sich in den Schatten und nicht in die pralle Sonne wie wir.«

Die Hundefreundin neben mir schmunzelt. »Also, mir wäre das jetzt im Schatten zu kalt.«

»Ja? Nun, vorhin saß da hinten einer, der hat sogar hier in der Sonne gefroren«, berichte ich.

Sie schaut sich interessiert um. »Ach ja? Wie lange sitzt ihr denn alle schon hier?«

Der junge Mann in Shorts nimmt die Frage zum Anlass, sich von seinem Platz zu erheben: »Also, für mich wird's jetzt langsam Zeit …« Nach kurzem Zögern stößt er sich vom Floß ab und landet mit lautem Klatschen im Wasser.

Wie auf Kommando schießt daraufhin der Kopf des Hundes in die Höhe: Das Tier stürzt zum Wasser hinunter und fängt an, in Richtung Schwimmer loszupaddeln.

Die junge Frau springt auf und fuchtelt wild mit den Armen herum. »Nein! Nein, Frauchen ist hier! Hier!«

Der Hund blickt irritiert von einem zum anderen und ändert schließlich seinen Kurs. Sein Frauchen setzt sich wieder und beobachtet, wie er ein zweites Mal auf unsere Insel zugeschwommen kommt. Dann beugt sie sich zu ihrem tapferen Retter hinunter, der hechelnd mit den Pfoten am Rand des Badefloßes kratzt: »Du Armer, hier kommst du doch nicht hoch.« Der Hund paddelt um die Ecke herum und sie folgt ihm. Sie bekommt sein Halsband zu fassen, gibt den Versuch aber schnell auf, das nasse, schwere Tier daran heraufzuziehen.

»Kann ich helfen?«, frage ich.

»Ja, vielleicht«, antwortet sie, und mit vereinten Kräften versuchen wir, ihren treuen Freund auf das Badefloß zu hieven. Seine Vorderläufe liegen bereits auf der glatten Kunststoffoberfläche, doch er kann sich nicht halten – und wir ihn auch nicht. Dennoch gibt er nicht auf und dreht eine Runde um das Floß, auf der Suche nach einem hundegerechten Aufstieg. Schließlich entdeckt er die Leiter und legt seine Vorderpfoten auf die oberste Sprosse. Die junge Frau zieht wieder an seinem Halsband, und offenbar gelingt es dem Hund jetzt, sich mit den Hinterbeinen an den tiefer gelegenen Sprossen abzustützen. Stück für Stück rutscht er höher, bis er schließlich mit dem ganzen Körper auf unserer schwankenden Oase liegt. Er rappelt sich hoch, und kaum dass er wieder auf seinen vier Beinen steht, schleudert er kraftvoll die lästige Nässe aus seinem Fell. Nicht nur sein Frauchen, auch mich treffen die Spritzer wie eine kalte Dusche.

Auch der alte Herr, der die ganze Aktion von seinem Liegeplatz aus verfolgt hat, bekommt eine Ladung Wasser ab. »Na, dann werde ich auch mal wieder … Jetzt bin ich ja eh schon nass.« Er steht auf und geht an dem Hund vorbei ein paar Schritte auf die Leiter zu.

Das wachsame Tier, das gerade genüsslich die Streicheleinheiten seines Frauchens über sich ergehen lässt, behält ihn im Auge; der Blick des Hundes ist dabei vor allem auf ein bestimmtes Körperteil fixiert. Als der alte Mann die Leiter hinuntersteigen will, wittert der Hund offenbar seine letzte Chance und – schnappt zu! Seine Kiefer schließen sich nur wenige Zentimeter vor dem vermeintlichen Fleischhäppchen, das da so appetitlich genau in Hundeaugenhöhe herumbaumelt.

»Na, wirst du wohl!«, ruft der Alte und hebt nach einer Schrecksekunde drohend den Zeigefinger; angesichts der Unschuldsmine seines hechelnden Gegenübers lässt er sich dann aber lachend ins Wasser fallen.

Die junge Frau setzt sich wieder zu mir, legt den Arm um ihren gefräßigen Begleiter und zieht ihn liebevoll zu sich heran. »Was hast du dir bloß dabei gedacht, du Schlingel, hä?«, kichert sie. Dann blickt sie zur Badestelle hinüber: »Da drüben ist dein Herrchen.«

Ich sehe einen Mann am Ufer stehen; er hält ein Kind auf dem Arm.

»Tja, ich muss dann auch wieder. Tschüss!« Mit einer lockeren Handbewegung scheucht sie ihren Hund ins Wasser und springt ihm hinterher.

Kurz darauf schwimme auch ich zurück. Während die junge Frau mit Kind und Hund die Wiese hinaufläuft, wagt sich ihr Mann ein paar Schritte vor ins Wasser. Aus dem Augenwinkel heraus beobachtet er, wie ich ans Ufer wate. Er wendet sich mir zu und sagt: »Ganz schön kalt, nicht?«

⌒⌒⌒⌒ *Marina*

Die junge Frau tauchte wie aus dem Nichts auf. Sie näherte sich mit langsamen, geschmeidigen Schwimmbewegungen, und während sie seitlich am Badefloß vorbeizog, blickte sie zu mir hoch und stellte lächelnd fest: »Das Wasser ist heute irgendwie anders.«

»Wie denn anders?«, fragte ich und blickte von meinem Sonnenplatz inmitten des Teufelssees auf sie hinunter. Unter der Wasseroberfläche zeichneten sich die Konturen ihres nackten Körpers ab, und ihre langen blonden Haare schienen in der Strömung darüber zu schweben.

»Ich weiß nicht. Irgendwie weicher«, antwortete sie und lachte mich über die Schulter hinweg an. Dann wandte sie den Blick wieder nach vorn und hielt auf eine der ballförmigen Bojen zu, die das Naturschutzgebiet dahinter markierten.

Ihr ruhiges Dahingleiten, ihre sanfte Stimme, ihre ungewöhnlichen Worte – irgendwie kam mir das alles ganz und gar unwirklich vor. Und doch hatte ich das Gefühl, etwas Ähnliches schon einmal erlebt zu haben: ein klassisches Déjà-vu? Nicht wirklich, denn die Szene, die ich in diesem Moment im Kopf hatte, stammte aus dem englischen Spielfilm *Local Hero*: Danny, Mitarbeiter eines amerikanischen Ölmultis, soll in Schottland den gesamten Grund und Boden rund um eine Bucht aufkaufen; er verfällt jedoch schnell dem Reiz der Landschaft und dem Charme der ansässigen Dorfbewohner. Besonders angetan hat es ihm die Meeresbiologin Marina, die mehr Zeit im Wasser als an Land zu verbringen scheint und in der besagten Szene ebenso unvermittelt am Strand auftaucht wie das Mädchen im See: »Ich hab eine hübsche Stelle hier, nicht wahr?«, fragt Marina mit einer ähnlich betörenden Stimme, und Danny antwortet verlegen: »Ja, gefällt mir, die Stelle.«

Die junge Frau wendete an der Boje und schwamm in einem weiten Bogen quer über den See zurück zum Ufer. Sie schlang sich ein großes Handtuch um den Körper; mit beiden Händen zog sie ihre nassen Haare darunter hervor und lockerte sie ein wenig. Anschließend spazierte sie barfuß den Uferweg entlang; ihr Handtuch leuchtete blendend weiß in der Sonne. Wieder blitzte in meiner Erinnerung eine Szene aus *Local Hero* auf: Marina steht in einem strahlend weißen Kleid im Mondlicht neben Danny.

Warum war das Mädchen so dicht an dem Floß vorbeigeschwommen? War es einfach nur Neugierde gewesen? Hatte sie mich hier draußen in der Sonne liegen sehen und sich gedacht: Den Typen da drüben, den schaue ich mir mal näher an? Ich verfolgte jeden ihrer Schritte, und als sie hinter einem Baum verschwand, spielte ich mit dem Gedanken, zurückzuschwimmen und am Ufer auf sie zu warten; irgendwann musste sie ja umkehren. Doch was hätte ich dann zu ihr sagen sollen? »Hey, du siehst aus wie die Marina aus *Local Hero*!« Dummerweise ist *Local Hero* aber kein Kultfilm, von dem jeder schon mal gehört hat. Ich blieb also liegen und beobachtete aus respektvoller Entfernung, wie die blonde Frau wieder hinter dem Baum zum Vorschein kam und zu ihrem Liegeplatz zurückschlenderte.

Nach einer Weile ließ ich mich ins Wasser gleiten. Die Strecke über den See, die ich zurücklegte, war noch länger als der Bogen, den »Marina« – im Geiste nannte ich das Mädchen jetzt einfach so – auf dem Rückweg zum Ufer geschwommen war; doch obwohl auch ich oft in diesem See badete, spürte ich nicht den geringsten Unterschied, was die Härte des Wassers betraf.

Als ich an der Stelle vorbeikam, an der »Marina« sich sonnte, saß sie mit angezogenen Knien auf ihrem Handtuch und blickte zu mir herunter.

»Also, ich merke keinen Unterschied«, rief ich ihr zu.

»Echt nicht?«, antwortete sie und sah mich dabei so ungläubig an, als könnte sie sich nicht vorstellen, dass nicht jeder Mensch ihre – zugegebenermaßen nicht gerade überlebenswichtige – Gabe hatte.

»Vielleicht liegt's ja daran, dass wieder frisches Wasser eingeleitet wurde«, schob ich die einzige mir vernünftig erscheinende Erklärung für ihre Wahrnehmung nach. Unter den Badenden hatte sich nämlich herumgesprochen, dass der Teufelssee längst ausgetrocknet wäre, würde er nicht regelmäßig aufgefüllt – aus »Marinas« Nicken konnte ich allerdings nicht entnehmen, ob auch sie zu den Eingeweihten gehörte.

Das Thema jedenfalls schien damit für sie erledigt zu sein. Für mich war es das auch – trotzdem platzte ich mit einer Frage heraus, von der ich im Nachhinein kaum glauben konnte, dass ich sie wirklich gestellt hatte: »Darf ich mich für einen Moment zu dir setzen?«

Über »Marinas« Gesicht huschte ein Lächeln, während sie achselzuckend antwortete: »Klar, warum nicht?«

Mit kurzen, gezielten Blicken checkte sie mich ab, während ich die Böschung hinaufstieg. Ich hatte nicht die geringste Ahnung, worüber ich mit ihr reden sollte. Fast wäre mir ein banales »Schönes Plätzchen hier!« herausgerutscht, doch dann entdeckte ich auf der Wiese neben ihrem Rucksack ein Buch. Konnte es wirklich solche Zufälle geben? Das Cover zeigte ein verwunschenes altes Haus, und der Schriftzug darüber setzte sich aus jenen sechs Buchstaben zusammen, die mich die ganze Zeit über beschäftigten: *Marina*.

»Sag mal, die *Marina* in dem Buch da – hat die etwas mit Wasser zu tun?«, fragte ich. »Lebt sie am Meer oder so?«

»Wegen des Namens, meinst du?«, erwiderte das Mädchen amüsiert. »Nein, nicht direkt. Aber ihr Lieblingsplatz ist eine Bucht mit einem schönen Strand, außerhalb von Barcelona.«

»Eine Bucht mit einem Strand … Genau wie die Marina, an die du mich erinnerst.«

»Ich erinnere dich an …?«

»… an eine Filmfigur, ja. Du wirst den Film nicht kennen. Meine Marina ist Meeresbiologin.«

»Ach ja? Was ist das für ein Film? Erzähl doch mal!«

Ich setze mich neben sie ins Gras und schwärmte ihr von den liebenswert schrägen Charakteren aus Bill Forsyths anrührender Komödie vor, und anschließend erzählte sie mir die tragische Liebesgeschichte zwischen dem Waisenjungen Óscar und der todkranken *Marina* aus dem Roman von Carlos Ruiz Zafón.

»Hast du Lust, das Buch zu lesen?«, fragte sie.

»Hast du Lust, eine DVD zu sehen?«, fragte ich zurück.

»Vielleicht«, antwortete sie. »Aber jetzt hab ich erst noch mal Lust, schwimmen zu gehen.«

»Weil das Wasser heute so schön weich ist?«, frotzelte ich.

Sie lachte nur, und während wir gemeinsam unsere Bahn zogen, kam mir eine weitere Szene aus *Local Hero* in den Sinn: Danny und Marina liegen am Strand. Er überschüttet sie mit

Küssen, und als er dabei an ihrem Fuß ankommt, entdeckt er, dass sie Schwimmhäute zwischen den Zehen hat. Dass schon Menschen mit Schwimmhäuten geboren wurden, ist eine Tatsache. Aber dass »Marinas« Haut die Härte von Wasser erspüren kann – muss ich das deswegen auch glauben?

Zu Besuch im Paradies ⌣⌣⌣⌣⌣

Das verwaiste Kassenhäuschen mit dem Schild *Bitte beim Schwimmmeister bezahlen* war ein untrügliches Zeichen dafür, dass sich die Zahl der Besucher an diesem sonnigen, aber verhältnismäßig kühlen Frühlingsnachmittag in Grenzen hielt. Schon von der oberen Promenade aus sah ich am Strand des Freibads Plötzensee kaum mehr als dreißig Besucher, und als ich die Sitzecke des Schwimmmeisters unten an der Haupttreppe passiert hatte, kam es mir vor, als wären es sogar noch weniger.

Auf dem Weg zu dem Bretterzaun, hinter dem sich der FKK-Bereich verbarg, lief eine einzelne junge Frau vor mir durch den Sand; sie steuerte zielstrebig auf die hölzerne Trennwand zu. Als ich kurz nach ihr an dem Zaun um die Ecke bog, entledigte sie sich bereits ihres Bikinis und plauderte dabei wie selbstverständlich mit einem Mann Ende fünfzig, der etwas entfernt von ihr direkt am Wasser lag. Die beiden waren hier die einzigen Badegäste. Auf mein »Hallo« hin blickten sie kurz auf und nickten mir zu; dann sprachen sie weiter über das Speiseangebot an den Imbissständen.

Während ich es mir auf meinem Handtuch bequem machte, nahmen die beiden keine weitere Notiz von mir. Sie unterhielten sich über andere Bademöglichkeiten in Berlin, und die junge Frau erwähnte, dass sie Schwimmbäder mit einer Fünfzig-Meter-Bahn bevorzuge.

Für mich war das ein willkommenes Stichwort: »Aber hier im See ist die Bahn doch noch viel länger«, warf ich ein.

Sie sah mich zuerst etwas verdutzt an, dann antwortete sie: »Ja, das stimmt auch wieder.«

Die nächste Gelegenheit, mich in das Gespräch einzuklinken, ergab sich, als plötzlich von hinten eine Ente an uns vorbeischoss: Das Tier wollte sich seinen Artgenossen anschließen, die sich laut schnatternd gegenseitig durch die Luft und übers Wasser jagten, und die junge Frau verfolgte dieses wilde Treiben auf dem See sehr interessiert.

»Im Freibad Lübars kommt immer eine Schwanenfamilie an den Strand«, begann ich.

»Ach ja?«

»Ja, dort liegt die FKK-Wiese hinter sehr hohem Schilf und es gibt nur einen schmalen Zugang zum Wasser«, erläuterte ich. »Und genau da sitzen die oft: ein Pärchen mit vier Jungen.«

Sie kniff die Augen zusammen. »Oh, süüüüß!«

»Schwierig wird's nur, wenn man draußen schwimmt und sich die Schwäne inzwischen am Ufer niederlassen«, fuhr ich fort. »Dann kommt man nämlich nicht mehr raus aus dem Wasser, denn die Eltern sind ziemlich aggressiv.« In der Tat waren ihre Attacken nicht ganz ungefährlich, vor allem für männliche Badegäste – doch dieses Detail behielt ich für mich.

Für eine Weile widmeten wir uns dann alle drei unseren eigenen Beschäftigungen: Ich zog ein Buch aus der Tasche, der andere Mann seinen MP3-Player, und unsere Gesprächspartnerin brütete mit einem Textmarker in der Hand über einem Packen Fotokopien.

Als sich die ersten dunklen Wolken vor die Sonne schoben, ging ich hinaus auf den Badesteg, um ein paar Runden zu schwimmen. Eigentlich wollte ich im Wasser auf die nächsten wärmenden Sonnenstrahlen warten, doch die Wolken verdichteten sich, und so war ich schließlich gezwungen, nass und mit einer Gänsehaut zu meinem Liegeplatz zurückzukehren.

Der Endfünfziger hatte sich inzwischen angezogen und legte gerade sein Handtuch zusammen. »Heute ist es wirklich verdammt kühl.«

»Ja, das Wasser kam mir wärmer vor als die Luft«, gab ich zu.

Er griff nach seiner fertig gepackten Tasche und wandte sich an die junge Frau: »Wann fährst du?«

»Geplant ist morgen«, antwortete sie und stand auf. »Aber ich werde bestimmt mal wieder herkommen. Ist wirklich 'n schönes Fleckchen hier.«

»Okay, vielleicht sieht man sich dann irgendwann.« Im Gehen winkte er ihr noch einmal zu und rief: »Gute Reise!«

Unsere Badegenossin hob noch einmal grüßend die Hand und wischte sich anschließend ein paar Sandkörner von der Haut. Sie reagierte bereitwillig auf meinen fragenden Blick: »Ich muss morgen wieder nach Hause – aber ich würde viel lieber noch bleiben«, seufzte sie.

»Ach, du bist gar nicht aus Berlin?«

»Nein. Aber ich bin jetzt seit einer Woche hier – und die ganze Zeit über war 'n super Wetter!«

»Morgen soll's auch noch mal schön werden«, prophezeite ich.

»Echt, ja? Mal sehen, dann ruf ich vielleicht wirklich meine Mitfahrgelegenheit an und frage, ob wir's nicht 'nen Tag verschieben können.« Ihr Handtuch lag im rechten Winkel zu meinem, und sie legte sich auf den Bauch mit dem Gesicht zu mir. »Toll, dass es hier in Berlin so locker zugeht, mit FKK und so. Ich will ja schließlich auch 'n bisschen braun werden – ohne irgendwelche blöden Streifen! Aber bei mir in der

Nähe gibt's gerade mal einen Baggersee, und an FKK ist da überhaupt nicht zu denken: Du wirst schon schief angeguckt, wenn du nur 'n Träger runterlässt.« Nach einer kurzen Pause fuhr sie fort: »Als ich das erste Mal hier an diesem See war, war ich allerdings auch 'n bisschen enttäuscht. Es war voller als heute, und ich hatte die Trennwand gar nicht bemerkt. Ich hab zuerst drüben gelegen, aber da waren natürlich auch Kinder. Die rannten an mir vorbei und ich bekam den ganzen Sand ab. Da hab ich gedacht: Nee, also das muss ich jetzt wirklich nicht haben!«

Was diesen Punkt betraf, waren wir uns sofort einig: »Klar, hier auf der Seite des Zauns hat man wirklich seine Ruhe.«

Sie nickte. »Gestern war ich am Flughafensee. Da liefen auch siebzig Prozent der Leute nackt herum. Und stell dir vor: Da fragt mich doch meine Freundin, was ich denn daran so toll fände. ›Zieh doch einfach mal deinen Bikini aus‹, hab ich zu ihr gesagt, ›dann weißt du's.‹«

»Stimmt«, bestätigte ich schmunzelnd. »So hat's bei mir auch mal angefangen: Ich hatte ganz spontan 'ne Woche Urlaub und bin nach Sylt gefahren. Na ja, es war Hochsaison, und ich musste halt nehmen, was ich kriegen konnte. So bin ich bei 'ner alten Dame unterm Dach gelandet, damals noch für zwanzig Mark – mit Frühstück!«

Sie legte ihr Kinn auf die Hände und hob die Augenbrauen. »Oh, gut!«

»Das Haus stand oben in List, ganz im Norden«, erzählte ich weiter. »Tja, und ich kannte die Insel noch nicht, deshalb hab ich meine Gastgeberin gefragt: ›Wie komme ich denn auf dem kürzesten Weg zum Strand?‹ ›Einfach geradeaus durch die Dünen‹, sagte sie. Und dann machte sie eine kurze Pause und meinte: ›Da ist dann aber der FKK-Strand – wenn Ihnen das nichts ausmacht.‹«

Die junge Frau hörte aufmerksam zu und grinste.

»Na ja, damals hat mir das schon noch was ausgemacht. Aber ich hab mir gedacht: Geh halt einfach mal hin. Und dann war ich ziemlich überrascht, dass da sogar der Strandkorbwärter nackt herumlief.«

»Nee – ehrlich?«

»Doch, ja. War anfangs schon 'n bisschen komisch – aber es war ziemlich leer am Strand. Also hab ich mir 'nen Strandkorb genommen und ihn so gedreht, dass mich keiner sehen konnte. Die Bewährungsprobe kam dann erst, als ich ins Wasser wollte. Aber als ich wieder rauskam, da hab ich zum ersten Mal diese Freiheit gespürt – dieses Gefühl, das man so hat, wenn man nackt draußen am Meer ist.«

Sie hob den Kopf. »Ist enorm, was das ausmacht, nicht? So'n kleines Stückchen Stoff. Glaubt man echt nicht.«

Während wir uns unterhalten hatten, war die Sonne wieder zum Vorschein gekommen. Meine Zuhörerin setzte sich auf und begann, ihre langen schwarzen Haare hochzustecken. »Und das Wasser ist warm, sagst du?«

»Also, ich fand ja.«

»Gut. Ich würde nämlich auch gern noch 'n bisschen schwimmen gehen.« Sie lief durch den Sand in Richtung Badesteg. Plötzlich blieb sie stehen: »Mm, aber die ganzen Leute da drüben am anderen Ufer – also auf den Steg, da trau ich mich jetzt doch nicht.«

»Das würde mich nicht stören«, erwiderte ich gelassen.

»Ja, hast eigentlich recht: Wenn's die da drüben stört, brauchen die sich ja da nicht hinzusetzten.« Sie ging weiter und stieg über die Absperrkette, an der ein Schild mit der Aufschrift *Nur für Schwimmer* hing. Dann ließ sie sich vom Steg vorsichtig ins Wasser gleiten. »Oh Mann, warm ist das nicht gerade!«

»Auf der Tafel beim Schwimmmeister stand was von einundzwanzig Grad«, rief ich ihr vom Strand aus zu.

»Einundzwanzig? Ja, Lufttemperatur vielleicht.«

»Nein, nein, Wassertemperatur. Bei Lufttemperatur stand da vierundzwanzig. Aber vielleicht waren das ja die Werte von gestern.«

»Ja – oder vom letzten Sommer!« Sie schwamm im inneren Bereich der Steganlage auf und ab; zwischendurch machte sie eine Pause und hielt sich am Steg fest wie am Beckenrand eines Hallenbades.

Als sie zurückkam, griff sie zu ihrem Handy und berichtete wem auch immer voller Freude: »Ich sitz hier gerade nackig am Strand. Ist echt super hier …« Anschließend widmete sie sich wieder ihrem Papierstapel.

Eine Viertelstunde später fand sie sich im verlängerten Schatten eines hohen Baumes wieder; ich dagegen lag noch immer in der prallen Sonne. »Tja, als ich zum ersten Mal hier war, hab ich mich gefragt: Warum drängeln sich die Leute bloß alle so dicht am Zaun herum? Irgendwann war's mir dann klar – weil man hier am längsten Sonne hat.«

»Das muss man halt wissen«, erwiderte sie lachend und rückte ohne jede Scheu näher an mich heran. Dann nahm sie wieder ihre Papiere zur Hand und las weiter.

Nach einer Weile blickte ich von meinem Buch auf; die Sonne stand inzwischen noch ein Stück tiefer. »Ähem … du sitzt schon wieder im Schatten.«

Sie sah sich um. »Und ich wundere mich, warum ich die ganze Zeit friere.« Sie stand auf, kramte einige Kleidungsstücke aus ihrer Tasche und zog sich an. »Ich glaube, mir reicht's jetzt auch. Meine Freundin kommt gleich aus der Uni. Wenn ich jetzt losfahre, dann erwische ich sie noch.«

Ich setzte mich auf. »Mir ist noch ein Argument für FKK eingefallen.«

»Ja?«

»Man trifft immer nette Leute.«

Sie lächelte, doch ich sah ihr an, was sie in diesem Moment dachte: Aha, jetzt kommt der Typ also doch noch auf den Punkt!

»Ich fand's wirklich toll, dass ich mich mit dir so locker unterhalten konnte«, fuhr ich fort. »Frauen sind ja hier sonst eher etwas zurückhaltend – die denken immer gleich, man will sie anmachen.«

Sie blickte etwas verlegen auf mich hinunter. Nach kurzem Zögern ging sie neben mir in die Hocke. Was sie erwiderte, klang fast wie eine Entschuldigung: »Ja, ich weiß: Das mit dem Anmachen ist immer so 'ne Sache. Mir ging's vorhin auch so mit ihm.« Sie wies mit dem Kopf in Richtung Wasser, wo der andere Badegast gelegen hatte. »Als ich kam, dachte ich auch zuerst … na ja, hier so ganz alleine, mit einem Mann. Aber dann bin ich auf der Treppe gestolpert, und er kam sofort angerannt. Klar, man fragt dann ja: ›Ist alles in Ordnung?‹ oder so. Und damit war das Eis gebrochen.«

Ich hielt ihr die rechte Hand mit meinem Ehering entgegen. »Ich will auch nichts von dir. Ich bin glücklich verheiratet.«

»Ach?«, entgegnete sie überrascht. »Mm … also, darüber habe ich wirklich noch nie nachgedacht – dass die Leute hier am Strand einfach nur … einfach nur offener sind.« Einen Moment lang blickte sie noch schweigend auf den See hinaus, dann stand sie auf. »Na ja, in zwei Wochen bin ich wieder in Berlin. Dann werde ich bestimmt irgendwann noch mal hier auftauchen. Tschüss!«

»Tschüss!«, antwortete ich und beobachtete, wie sie die Treppe zur Promenade hinaufging; von oben winkte sie mir noch einmal zu.

Ich hatte ganz bewusst auf eine Floskel wie »Vielleicht sehen wir uns mal wieder hier!« verzichtet, denn eine Berlin-Besucherin wiederzutreffen hätte bedeutet, ein zweites Mal zufällig zur selben Zeit am selben Ort zu sein – die Wahrscheinlichkeit war nicht sehr groß. Doch darauf kam es mir auch gar nicht an: Ich genoss es einfach nur, in einer festen Beziehung zu leben und deshalb mit Begegnungen wie diesen so unbeschwert umgehen zu können. Vielleicht wäre ich sonst mit ihr gegangen, hätte ihr auf dem Weg zum Ausgang meine Telefonnummer aufgedrängt und sie gebeten, mich bei ihrem nächsten Besuch in Berlin anzurufen – und hätte damit genau jenes Anmache-Klischee bedient, das sie vermutlich im Kopf hatte. So aber durfte ich hoffen, dass unsere Begegnung bei ihr einen ebenso bleibenden Eindruck hinterlassen hatte wie bei mir. Und genau deshalb hätte ich zu gern gewusst, was sie ihrer Freundin über die beiden gesprächigen Männer vom Plötzensee berichten würde.

Schildkröten auf Tour

Manchmal genügt ein Windstoß, um dich auf einen Irrweg zu führen – ein Windstoß zum Beispiel, der vor deinen Augen ein herumliegendes Halstuch ins Wasser fegt. Es gehörte einer jungen Frau, die nur ihr Gepäck auf dem Badesteg abgelegt hatte und dann zur Strandbar gegangen war. Ich zog das Tuch aus dem See und ließ es neben ihrem Rucksack liegen; so durchnässt, wie es war, würde es nicht noch ein zweites Mal zum Spielball des Windes werden.

Als die Frau mit einem Cocktail in der Hand zurückkam, fiel ihr Blick sofort auf das Tuch: Kopfschüttelnd hob sie es hoch und hängte es zum Trocknen über die Haltestange der Badeleiter, an der ihr Rucksack lehnte.

Ich sprang auf und lief auf sie zu. »Der Wind hat dein Halstuch ins Wasser geweht. Ich hab's rausgezogen.«

»Oh, ganz lieben Dank!«, erwiderte sie. »Ich hatte mich schon gewundert.«

Erst auf den zweiten Blick bemerkte ich, dass ihre Augen etwas schmaler waren als die von Durchschnitts-Europäern. Sie sah nicht wirklich aus wie eine Asiatin – nur so ein bisschen, und genau das machte ihr Gesicht interessant.

Ich ging die wenigen Schritte zu meinem Platz zurück. Schon morgens hatte ich dort mein Handtuch zur Sonne hin ausgerichtet; auf dem Rücken liegend blickte ich genau in Richtung Leiter. Mir entging daher nichts, was die junge Frau tat: Ich sah, wie sie sich auszog und ihre Kleidung in den Rucksack stopfte; ich sah, wie sie den Steg auf- und ablief und die landschaftliche Schönheit des Plötzensees bewunderte; ich sah, wie sie mit ihrer Digitalkamera das gegenüberliegende Ufer fotografierte; und ich sah, wie sie die Leiter hinunterstieg und davonschwamm. Irgendwann verlor ich sie aus den Augen.

Eine halbe Stunde später breitete sie ein großes Badetuch auf dem Beton aus. Zuerst lag auch sie auf dem Rücken; dann drehte sie sich mit dem Gesicht zur Leiter auf den Bauch, klappte ein Buch auf und begann zu lesen.

Untersuchungen zufolge besetzen Fahrgäste in einem leeren Abteil immer zuerst die Randplätze – diesem Verhaltensmuster folgend lag auch ich am äußersten Ende des Stegs und fragte mich, warum es sich das Mädchen mit dem asiatischen Antlitz ausgerechnet in der Mitte bequem machte, auf jener Brücke, die die Enden der beiden vom Strand auf den See hinausführenden Stege miteinander verband; das ständige Kommen und Gehen der Badegäste direkt vor ihrer Nase schien sie nicht im Mindesten zu stören.

Als ich selbst schwimmen gehen wollte, brachte ich es nicht fertig, wortlos an ihr vorbei die Leiter hinunterzusteigen: »Von mir liegt hier noch ein Handtuch auf dem Grund des Sees.«

»Oh nein, wirklich?«, erwiderte sie entsetzt. »Von heute?«

»Nein, nein, vom letzten Jahr. Seitdem passe ich besser auf.«

Sie blickte zu meinem Platz hinüber und grinste: Ich hatte vorsorglich das Kopfende des Handtuchs mit meiner Tasche und die unteren beiden Ecken jeweils mit einem Schuh beschwert.

Zuerst schwamm ich in dieselbe Richtung wie sie, allerdings nicht ganz so weit. Ich wendete am Ende der Steganlage und zog meine Bahn an ihrem Liegeplatz vorbei bis zu meinem. Dort wendete ich erneut und hielt wieder auf die Leiter zu.

Beim Hochsteigen sprach die junge Frau *mich* an: »Du hättest weiter bis ans Ende des Sees schwimmen sollen. Da sitzen Schildkröten auf einem Ast.«

»Schildkröten? Die saßen doch früher immer da drüben.« Ich zeigte auf die eingezäunte Uferzone am entgegengesetzten Ende des lang gestreckten Sees. »Dieses Jahr hab ich noch keine gesehen, aber letztes Jahr haben sich dort mehrere auf einem Stein gesonnt. Ob das dieselben waren?«

Sie zuckte mit den Schultern und lächelte. »Schildkröten sind ja recht langsam. Wahrscheinlich haben die für die Strecke ein ganzes Jahr gebraucht.«

Mein erneuter Rückzug von der Brücke blieb nicht unbemerkt: »Na, flirtest du gerade?«, fragte mich ein Stammgast, den ich hier regelmäßig traf.

»Nein«, wies ich seine Unterstellung energisch zurück, »wir haben nur über die Schildkröten hier im See gesprochen.«

Vor einem Jahr hatte mir Google ® ein paar interessante Links zu den Schildkröten im Plötzensee geliefert. Dummerweise konnte ich mich aber nur noch daran erinnern, dass die Herkunft der Tiere ungeklärt war und es geradezu an ein Wunder grenzte, dass sie nicht nur die kalten Berliner Winter draußen überlebt, sondern sich sogar noch ganz prächtig vermehrt hatten. Was ich leider nicht mehr parat hatte, war die Art, zu der sie gehörten. Ich wusste aber noch, wie sie aussahen: Schild, Kopf und Beine waren schwarz, der Bauch dunkelgelb und schwarz gefleckt; gelbe Streifen zierten auch den Hals und die Wangen. Die Wangen? Ach ja, richtig: Ein länglicher roter Fleck seitlich am Kopf macht diese ansonsten überwiegend gelb gefärbten Tierchen zu Rotwangenschildkröten!

Allmählich erinnerte ich mich an immer mehr Details. Was mir jetzt noch fehlte, war eine Idee, wie ich dieses mühsam aus den Tiefen meines Langzeitgedächtnisses hervorgegrabene Wissen nutzen konnte, um mit der jungen Frau im Gespräch zu bleiben.

Ich setzte mich neben die Leiter und ließ die Füße im Wasser baumeln. »Das sind übrigens Rotwangenschildkröten«, startete ich meinen Vortrag.

Die Frau blickte an den Haltestangen vorbei zu mir herüber. »Rotwangen…? Na, da muss der Namensgeber aber ganz schön farbenblind gewesen sein.«

»Genau das habe ich zuerst auch gedacht«, entgegnete ich lachend. »Aus der Ferne sticht halt das Gelb mehr ins Auge.« Nach einer kurzen Pause fuhr ich fort: »Die hier im See hat vermutlich mal jemand ausgesetzt. Eigentlich leben die nämlich in Nordamerika: Florida, Louisiana, Mexiko – in der Ecke so.«

Sie nickte nur.

»Sag mal, was hat denn deine Kamera für ein Tele?«, fragte ich zaghaft.

»Zwölffach. Wieso?«

»Das ist gut! Hättest du vielleicht Lust, die Schildkröten zu fotografieren?«

»Was?«

»Nicht von hier aus natürlich«, ergänzte ich. »Wir könnten nachher zur Verleihstation rübergehen und uns ein Tretboot mieten. Oder ein Ruderboot. Damit kämen wir dicht genug ran.«

»Aha. Und dann?«

»Dann könntest du mir die Fotos doch mailen.«

»Wozu?«

Ich beschloss, alles auf eine Karte zu setzen: »Einfach so. Ich würde gern mehr über dich erfahren.«

Sie lachte auf. »Na, du bist wenigstens ehrlich.«

»Tja, weißt du, ich gehe einfach von mir aus: Wenn ich meine Ruhe haben wollte, würde ich mich nicht ausgerechnet hier ins Zentrum des Geschehens legen.«

»Was soll das denn jetzt heißen?«, fragte sie skeptisch.

»Also, vielleicht irre ich mich ja, aber: Ich denke, insgeheim sehnst du dich vielleicht nach ein bisschen … Gesellschaft?«

»Ach so, du glaubst also, ich warte hier auf meinen Märchenprinzen«, erwiderte sie bissig. »Und der bist ausgerechnet du, ja?«

»Nein, das hast du jetzt missverstanden«, wiegelte ich ab. »Ich möchte mich wirklich nur mit dir unterhalten.«

»Na gut, das tust du ja bereits. Wozu soll ich dann noch mit dir in ein Boot steigen?«

»Weil ich ehrlich bin. Hast du selbst gesagt.«

Einen Moment lang sah sie mich nur an, dann setzte sie sich auf und klopfte mit der flachen Hand ein paarmal auf den Beton neben sich. »Komm doch rüber zu mir.«

Erwartungsvoll ging ich um die Leiter herum und setzte mich neben sie.

»Meine Großmutter hat mir mal eine Geschichte erzählt«, begann sie. »Ein Fischer namens Uraschima fand eines Tages eine Schildkröte hilflos am Strand und schob sie zurück ins Wasser. Daraufhin lud die ihn ein, sie zum Herrscher des Meeres zu begleiten; von ihm sollte er für seine Güte belohnt werden. Uraschima bestieg den Panzer der Schildkröte … na ja, die war natürlich größer als unsere hier! Aber egal: Ein Zauber bewahrte ihn jedenfalls davor zu ertrinken, und auf dem Meeresgrund, da wurde er dann von der Tochter des Königs drei Tage lang liebevoll umsorgt.«

Sie musste wohl in meinen Augen gelesen haben, dass ich nicht verstand, was sie mir mit dieser Geschichte sagen wollte, also wurde sie deutlicher: »*Ich* bin keine Königstochter, und ich werde dich auch nicht dafür belohnen, dass du mein Halstuch aus dem Wasser gezogen hast. Das war wirklich nett von dir, vielen Dank. Aber jetzt verzieh dich bitte und lass mich weiterlesen, okay?«

Ohne sie noch einmal anzusehen, stand ich auf und schlich wie ein geprügelter Hund zu meinem Platz zurück; diesmal legte ich mich auf den Bauch, um nicht mehr in ihre Richtung blicken zu müssen.

Als ich mich nach einer Weile wieder umdrehte, war die junge Frau verschwunden. »Ist sie schon lange weg?«, fragte ich den Mann neben mir.

»Nein, sie ist gerade erst gegangen – vor ein paar Minuten.«

Vor ein paar Minuten – ich wusste genau, wie weit der Weg zum Ausgang war. Hastig zerrte ich meine Jeans aus der Tasche und zog meine Schuhe an. Den Rest meiner Sachen ließ ich liegen und lief den Steg entlang zurück zum Strand, hechtete die Treppe hinauf, rannte die Promenade entlang, vorbei an den Imbissständen, der Liegewiese und dem Spielplatz.

Kurz vor dem Ausgang erwischte ich sie: »Entschuldige bitte«, keuchte ich, »ich will dich nicht aufhalten, aber sag mir bitte noch eins: Warum hast du dich ausgerechnet neben die Leiter gelegt?«

Sie stutzte einen Augenblick, dann begann sie zu schmunzeln: »Ganz einfach: Ich dachte, wo so viele Leute vorbeikommen, da würde sich keiner trauen, mich anzubaggern.«

Ein Säufer, der keiner war ⌇⌇⌇

Aufgefallen war mir der junge Mann bereits, als ich die Stufen zum Strand heruntergelaufen kam: Er lag direkt vor dem Backsteinrondell, um das herum die Treppe abwärts führte. Jeder, der diesen Weg nahm, musste an ihm vorbei – und doch lag er weit entfernt von den übrigen Sonnenanbetern, die sich einen Liegeplatz in Wassernähe gesucht hatten.

Ich hatte mich zum Trocknen auf die parallel zum Strand verlaufende Betonbrücke gesetzt. Von dort sah ich die anderen Badegäste im Sand liegen: eine braungebrannte Rentnertruppe, eine etwas mollige Blondine, einige mehr oder weniger beleibte Herren um die fünfzig, zwei junge Frauen, die offensichtlich ein Paar waren. Dass der einzelne junge Mann nicht mehr auf seinem Handtuch vor dem Rondell lag, nahm ich zuerst gar nicht wahr. Dann entdeckte ich ihn auf dem Steg, der vom Strand auf den Plötzensee hinausführte: Er ließ wie ich die Füße im Wasser baumeln und schaute zu mir herüber. Als sich unsere Blicke trafen, senkte er den Kopf, doch ich spürte, dass er mich beobachtete.

Beim nächsten Blickkontakt sah er nicht einfach weg: Er stand auf, lief bis zum Ende des Stegs und kam dann die Brücke entlang auf mich zu. Er war größer als ich, schlank, aber nicht besonders muskulös; sein Gang wirkte etwas schlaksig, und er schien bemüht, so zu tun, als schlenderte er nur zum Zeitvertreib eine Promenade entlang.

Ich wandte mich ab und blickte wieder geradeaus in Richtung Strand. Daraufhin hielt der junge Mann inne und setzte sich hin; uns trennten nur noch etwa zwei Meter voneinander. Er drehte mir den Rücken zu und schien die Leute zu beobachten, die auf den Terrassenstufen am gegenüberliegenden Seeufer saßen. Von Zeit zu Zeit aber spürte ich erneut seinen Blick auf mir ruhen, und wenn ich dann zu ihm hinüberschielte, drehte er beschämt den Kopf weg.

Was wollte dieser Typ von mir? Sollte man nicht annehmen, dass sich auch unter Schwulen eher die Älteren für die Jüngeren interessieren – und nicht umgekehrt?

Nach einer Weile stand mein vermeintlicher Verehrer wieder auf, ging hinter mir vorbei zu einer Leiter und stieg ein paar Stufen hinunter. Als er bis zu den Knien im Wasser war, blieb er stehen und atmete einmal tief durch. Es war ganz offensichtlich: Er wollte mich ansprechen – aus welchem Grund auch immer –, doch er traute sich nicht.

Ich blickte zu ihm hoch: Eigentlich hatte ich ja gegen ein Gespräch nichts einzuwenden – es wäre eine willkommene Abwechslung gewesen, denn auch mir fiel es schwer, ohne konkreten Anlass auf Fremde zuzugehen. Aber die Art, wie er da auf der Leiter stand, wirkte auf mich so, als wollte er seinen Körper zur Schau stellen. Sollte ich also einfach aufstehen und weggehen? Oder ihm ins Gesicht sagen, er solle mich in Ruhe lassen? Das wäre nicht fair gewesen, denn: Er tat ja nichts! Er bedrängte mich nicht, er sagte nichts, er sah mich nicht einmal mehr an – er stand einfach nur da und wartete. Er wartete auf das erlösende erste Wort von mir.

»Na, ist dir das Wasser zu kalt?«, fragte ich.

»Nee, nee«, antwortete er sichtlich erleichtert, »es ist nur … ich hab letzte Nacht 'n bisschen zu viel getrunken.«

Ich merkte, wie er lallte.

»Ist mir noch nie passiert – wirklich. Ich weiß sonst immer, wo meine Grenzen sind. Aber diesmal – da bin ich in 'ner Ausnüchterungszelle aufgewacht.«

Verdammt! Warum hatte ich bloß nicht meinen Mund gehalten? Jetzt durfte ich mir das Gelaber eines asozialen Säufers anhören.

»Und stell dir vor: Da haben die mich …« Er brach unvermittelt ab und fragte: »Sag mal: Für wie alt hälst'n du mich?«

»Mm … fünfundzwanzig?«

Er sah mich etwas missmutig von der Seite an. »Na ja, ganz so alt bin ich noch nicht. Ich bin zweiundzwanzig. Aber die Wärter da heute, die haben mich für neunundzwanzig gehalten. Stell dir das mal vor!«

Nun, etwas verlebt siehst du schon aus, dachte ich. Doch da ihm seine plötzliche »Vergreisung« offenbar mehr zu schaffen machte als die durchzechte Nacht, tat es mir im Nachhinein leid, dass auch ich ihn ein paar Jahre älter gemacht hatte. Egal – mir drängte sich ein Verdacht auf, und deshalb fragte ich ihn geradeheraus: »Und wie alt schätzt du mich?«

Er wiegte prüfend den Kopf hin und her. »Sechsunddreißig?«

Volltreffer! Deshalb also war er die ganze Zeit um mich herumgeschlichen: Er wollte loswerden, was ihm in dieser Nacht passiert war, und glaubte offenbar, ich würde vom Alter her gerade noch auf seiner Wellenlänge schwimmen. »Oh, vielen Dank«, erwiderte ich, »aber ich bin achtundvierzig.«

Er riss erstaunt die Augen auf.

»Kommst du oft hierher?«, fragte ich ihn.

»Nein, das ist das erste Mal heute. Aber ich mach das schon öfter im Sommer, dass ich ins Freibad gehe. Morgens, wenn ich von der Arbeit komme – so gegen sechs. Ich leg mich nur für'n paar Stunden hin, und dann geht's raus an irgend'nen Strand.« Grinsend fügte er hinzu: »Na ja, auch wegen der Mädchen und so.« Er verließ seine Stellung auf der Leiter und setzte sich zu mir. »Aber hier ist heute nicht viel los. Sieh mal, die da drüben – die Blonde.« Er wies mit dem Kopf in Richtung Strand. »Wie findst'n du die? Also, bei *der* Figur – da regt sich bei mir wirklich gar nichts.«

Ich musste schmunzeln. »Du, ich bin nicht mehr auf der Suche. Ich bin verheiratet.«

»Ach so«, entgegnete er. »Na, ich schon. Ich versuch's halt manchmal, wenn mir eine gefällt. Was soll schon passieren? Entweder die sagt: ›Verpiss dich!‹ – oder sie geht halt auf dich ein. Ist doch so, oder?«

Du Angeber, dachte ich: Vorhin hast du dich nicht einmal getraut, *mich* anzusprechen. Aber bei Frauen, da willst du am Strand der große Aufreißer sein? Ich nickte nur und versuchte, das Thema zu wechseln: »Und du hast echt erst morgens um sechs Feierabend?«

»Ja. Mein Bruder hat 'ne Disco, und da gehöre ich zum Sicherheitspersonal.« Das Wort *Türsteher* kam nicht über seine Lippen. »Na ja, und als Bruder vom Chef, da bestimme ich natürlich, wo's langgeht«, fügte er stolz hinzu.

»Und? Habt ihr viele Probleme – mit Drogen und so?«

»Ich kenne meine Leutchen, das kannst du mir glauben«, antwortete er nickend. »Da gibt's einige, die machen gleich wieder kehrt, wenn die mich sehen. Ehrlich, ich versuch wirklich alles, um Drogen aus dem Laden rauszuhalten. Weil ich früher selbst mal … also: Ich weiß, wie das ist. Und ich hab die Folgen am eigenen Leib gespürt. Und deshalb sehe ich es als meine Aufgabe an, dieses verdammte Zeug von den Jungs und Mädels fernzuhalten. Die sollen ihren Spaß bei uns haben, ja – aber *ohne* Drogen.«

Während er sprach, war nicht zu übersehen, dass ihm zwei Schneidezähne fehlten.

»Müsst ihr denn oft eingreifen, wenn's Streit gibt oder wenn sich welche prügeln?«

»Mm … ja. Es gibt 'ne Menge schräger Typen, die nachts durch die Discos ziehen.« Er zeigte auf eine Narbe am linken Oberschenkel. »Hier – da hab ich mal 'n Messer abgekriegt.«

Ich erinnerte mich an meine eher bescheidenen Erfahrungen auf diesem Gebiet: »Also, ich hab früher mal in einem Kino gearbeitet, am Ku'damm. Da trieben sich manchmal auch ganz merkwürdige Leute im Foyer 'rum – vor allem, wenn wir Nachtvorstellung hatten. Aber die waren wohl eher harmlos gegen die, mit denen du dich rumschlagen musst.«

Er nickte. »Samstags sind wir immer zu neunt. Neun Mann auf vierhundert, fünfhundert Besucher! Die kannst du nicht alle im Auge behalten – das geht einfach nicht.« Nach einer kurzen Pause fügte er hinzu: »Na ja, ich versuch's wenigstens. Hab ja schließlich selbst zwei Kinder. Und ich will ja auch nicht, dass die später mal mit Drogen in Kontakt kommen.«

Ich blickte überrascht auf. »Du hast Kinder? Wie alt sind die denn?«

»Mein Sohn ist fünf und meine Tochter drei. Sie leben bei meiner Freundin … also: meiner Ex-Freundin. Aber das ist okay. Weißt du, ich bin bei meinem Vater aufgewachsen. Als Kind hat mir meine Mutter sehr gefehlt – und das wollte ich meinen Kindern ersparen. Wir haben uns ja auch als Freunde getrennt, meine Ex und ich. Kinder brauchen einfach beide Eltern.«

Ich hörte ihm aufmerksam zu und war beeindruckt – nicht nur von dem, *was* er sagte, sondern auch von der Art, *wie* er es sagte: Er lallte, ja – aber in gepflegtem Deutsch. Und seine Geschichte klang auch nicht nach einem von Alkohol durchtränkten Familiendrama.

»Ich seh meine Kleinen regelmäßig und unternehme dann auch viel mit ihnen«, erzählte er weiter. »Blöd ist nur, dass meine Eltern meine Familie nie akzeptiert haben. Dadurch hab ich heute keinen Kontakt mehr zu ihnen. Ich hab denen gesagt: ›Ihr müsst euch entscheiden.‹ Ich trag ja schließlich Verantwortung für meine Kinder. Aber die waren halt stur.« Er zuckte mit den Schultern. »Na ja, dann müssen sie jetzt eben ohne mich auskommen. Sie haben's ja nicht anders gewollt.«

Nur beim Vater aufgewachsen, Drogenprobleme, mit siebzehn das erste Kind – ich dachte daran, wie unaufgeregt mein Leben im Vergleich dazu verlaufen war. Ich war mehr als doppelt so alt wie er, hatte in all den Jahren aber nicht mal halb so viel durchgemacht.

Wir saßen gut eine Stunde zusammen auf dem Steg und haben uns fast ununterbrochen unterhalten. Das heißt: Die meiste Zeit über hat er geredet und ich habe zugehört. Danach war in meinem Kopf aus dem asozialen Säufer ein treusorgender Familienvater geworden, der sein Leben voll im Griff hatte.

Bevor ich zum Strand zurückging, fragte ich ihn: »Wirst du mal wieder herkommen?«

»Ist wirklich schön hier«, entgegnete er. »Man sitzt hier draußen, mitten auf dem Wasser …« Er ließ seinen Blick umherschweifen, bevor er sich lächelnd mir zuwandte: »Und man trifft nette Leute zum Quatschen.«

Als wir später wieder in weitem Abstand voneinander am Strand auf unseren Handtüchern lagen, spielte ich mit dem Gedanken, ihn zu fragen, ob ich mich für den Rest des Tages zu ihm setzten dürfte. Doch bevor ich mich dazu durchringen konnte, stand er auf und begann sich anzuziehen. Im Gehen hob er noch einmal grüßend die Hand, und mir fiel ein, dass er im Laufe unseres Gesprächs erwähnt hatte, er wolle den Nachmittag mit seinen Kindern verbringen. Ich schloss die Augen und stellte ihn mir irgendwo auf einem Spielplatz vor – mit einem fünfjährigen Jungen an der einen und einem dreijährigen Mädchen an der anderen Hand.

ᴧᴧᴧᴧᴧ *Kollisionen*

Es war nicht mehr die Frage *ob*, sondern nur noch *wann* die Tiere angreifen würden. Welchen Teil des Gesichts würden sie ins Visier nehmen? Die Stirn? Die Nase? Die Wange? All dies ließe sich wahrscheinlich verschmerzen. Was aber, wenn die Vögel – vielleicht sogar, ohne ihrer Gegnerin eine ernsthafte Verletzung zufügen zu wollen – ihr Auge träfen?

Ich sprang von meinem Handtuch auf, doch die Rücken-schwimmerin ignorierte mich. Kein Wunder: Ich würde wahr-scheinlich genauso wenig reagieren, wenn ich auf dem Bade-steg einen Kerl herumspringen sähe, der irgendetwas rief, was ich nicht verstand, weil der Wind seine Worte in eine andere Richtung trug.

Die Frau steuerte im spitzen Winkel ungebremst auf eine Gruppe von Schwänen zu, die in geordneter Formation unter-wegs waren: Mutter Schwan schwamm vorneweg, gefolgt von ihren sechs flauschig-grauen Küken; der Vater hielt der klei-nen Familie den Rücken frei. Die Schwimmerin hatte sich von hinten genähert und zog ihre Bahn zunächst parallel zu den Tieren, doch sie holte auf und bekam dabei einen deutlichen Linksdrall. Es war also abzusehen, dass sie den Schwanenzug mit einem ihrer nächsten Armschläge in Bedrängnis bringen würde. Die Altvögel hatten den Hals bereits eingezogen und beäugten misstrauisch jenes rhythmisch die Arme hinter sich schleudernde Wesen, das da dicht neben ihnen die Wasser-oberfläche durchpflügte.

Ein letztes Mal schrie ich so laut ich konnte. Kopfschüttelnd blickte die Frau zu mir herüber – und stoppte abrupt! Gerade noch rechtzeitig ruderte sie mit den Händen zurück und ließ die Schwäne passieren. Das war knapp: Ich atmete erst wieder durch, als ich sah, wie sie sich rücklings aufs Wasser warf und in entgegengesetzter Richtung davonschwamm.

Es war nicht das erste Mal, dass ich die Frau hier draußen gesehen hatte. Sie kam nie, um sich zu sonnen, sondern immer nur zum Schwimmen: Mit offensichtlich sportlichem Ehrgeiz durchquerte sie den Plötzensee in Längsrichtung, und das mehrmals hintereinander. Anschließend legte sie sich zum Trocknen auf den Badesteg, zog sich wieder an und ging.

Anfangs dachte ich, sie wollte die lästige Sonnencreme einsparen und nur die Eigenschutzzeit ihrer Haut ausreizen; wahrscheinlicher aber war, dass sie einfach das ganze Jahr über ihrem Lieblingssport nachging, wobei sie im Sommer die volle Länge des Sees ausnutzte, also nicht ständig wenden musste wie in einem Hallenbad.

Auch wenn sie sich nach ihrem Schwimm-Marathon nie besonders viel Zeit nahm, war ich doch ein wenig enttäuscht, dass sie mich nicht eines Blickes gewürdigt hatte. Ohne meine Warnungen wäre ihr Arm auf dem Rücken des Schwans gelandet, und das hätte böse ausgehen können – irgendein Signal des Dankes, ein Lächeln oder wenigstens ein Nicken über den Steg hinweg, wäre wohl nicht zu viel verlangt gewesen.

Eine Woche später sah ich die Frau wieder ihre Sachen auf ihrem Stammplatz ablegen; wie gewohnt stürzte sie sich sofort ins Wasser. Vielleicht sollte ich einfach mal ihre Bahn kreuzen, oder besser noch: ihr rückwärts entgegenschwimmen? Wenn wir dann mehr oder weniger zufällig aneinanderstießen, müsste sie mich eigentlich wiedererkennen, und ich könnte sie an den wesentlich ernsteren Aufprall erinnern, vor dem ich sie bewahrt hatte.

Nachdem sie am Ende des Sees gewendet hatte, stieg ich die Badeleiter hinunter, peilte in etwa die Richtung und schwamm los. Anfangs blickte ich ab und zu nach hinten, um sicherzugehen, dass ich noch auf Kollisionskurs war; auf halber Strecke verzichtete ich allerdings auf diese allzu verräterischen Kontrollblicke. Was ich leider nicht bedacht hatte: Beim Rückenschwimmen entwickelte ich mit der Zeit genauso einen Linksdrall wie die Sportlerin, mit der ich zusammenzustoßen hoffte. Ungerührt zog sie rechts an mir vorbei und bemerkte mich nicht einmal, weil ihr Blick auf die vorüberziehenden Wolken gerichtet war – eine Tagträumerin par excellence.

Frustriert lief ich die Promenade hinauf zum Imbissstand. Was ich jetzt brauchte, waren eine Bratwurst und eine Cola – beides Inbegriff des Ungesunden. Um mein schlechtes Gewissen zu beruhigen, presste ich aus dem Spender eine Extraportion Senf heraus, denn der stärkt ja nachweislich das Immunsystem.

Ich blickte auf den Strand und die Steganlage hinunter: Die Frau war inzwischen zur Trockenphase übergegangen und starrte wieder zum Himmel empor. Mir kam eine Idee: Statt über die Promenade könnte ich über den Badesteg zu meinem Liegeplatz zurückgehen – dann würde sie mich doch unweigerlich sehen! Ich spülte den letzten Bissen der senftriefenden Wurst mit einem Schluck Cola hinunter und machte mich auf den Weg. Die leere Dose behielt ich in der Hand, als eine Art Alibi dafür, dass ich aus Richtung der Bar kam, also einen triftigen Grund hatte, mich auf der schmalen Betonbrücke an ihr vorbeizuschieben.

Was ich von oben allerdings nicht gesehen hatte: Die Frau träumte diesmal mit geschlossenen Augen. Damit durchkreuzte sie erneut meinen Plan, denn ich konnte weder umkehren noch vor ihr stehen bleiben – beides wäre zu auffällig gewesen. Meine einzige Chance war, dieselbe Runde ein zweites Mal zu drehen. Behutsam setzte ich einen Fuß vor den anderen, um mich unbemerkt an ihr vorbeizuschlängeln.

In diesem Moment drehte sie sich schwungvoll auf die Seite und stieß dabei mit dem Arm gegen meine Wade. »Oh, Entschuldigung.«

Ich brachte nur ein simples »Macht nichts!« heraus.

Sie drehte sich zurück auf den Rücken und blinzelte, denn die Wolken hatten sich inzwischen so weit verzogen, dass sie mich gegen die Sonne nur als Silhouette wahrnahm. Also wieder nichts – und das mit der zweiten Runde konnte ich jetzt auch vergessen!

Von meinem Platz aus sah ich, wie die Träumerin von einer etwas älteren Frau angesprochen wurde. Die beiden unterhielten sich und kicherten vor sich hin; eigenartigerweise blickten sie dabei ein paarmal in meine Richtung.

Plötzlich stand die jüngere Frau auf und kam auf mich zu. »Was willst du, du Penner?«

»Nichts«, stammelte ich kleinlaut.

»Das nennst du nichts? Erst inszenierst du einen Zusammenstoß im Wasser, und dann versuchst du, dich heimlich an mir vorbeizuschleichen? Bist du 'n Perverser oder so was?«

»Nein!«, protestierte ich energisch. »Ich hab dich nur schon mal hier gesehen und …«

»Ja, ich dich auch«, fiel sie mir ins Wort, »da hast du rumgeschrien wie 'n Irrer.«

»Ich wollte dich warnen …«

»So, warnen wolltest du mich. Das ist ja 'ne ganz neue Masche!«

»… vor den Schwänen, mit denen du ohne mich zusammengestoßen wärst.«

»Ohne dich? Blödsinn!«, schrie sie. »Der Schwan hat einmal scharf gezischt, deshalb hab ich angehalten! Aber das ist sehr interessant: Du gibst also zu, dass du mich letzte Woche schon beobachtet hast?«

Jetzt war auch ich mit meiner Geduld am Ende: »Sorry, ja! Tut mir leid, dass ich aufmerksam war!«, brüllte ich zurück. »Von hier sah das mit den Schwänen echt gefährlich aus! Ich wollte dich wirklich nur warnen, nichts weiter! Und du hast nicht mal … Ach, vergiss es.«

»Ich habe nicht mal was?«

»Du hast mir nicht mal zugenickt oder so …«

»Ach, und deshalb wolltest du dir heute deine Belohnung abholen, ja? Wie hättest du's denn gerne?«

»Hör doch auf damit! Ich dachte nur: Vielleicht erkennst du mich ja wieder und … wir könnten uns ein bisschen unterhalten – wo wir doch beide Stammgäste hier sind.«

Sie holte einmal tief Luft und ihr Ton wurde versöhnlicher: »Na ja, ich hab kurz zu dir rübergeguckt – vielleicht hab ich dadurch die Schwäne tatsächlich eher gesehen.«

»Und der Schwan hat also gezischt, ja? Das hab ich nicht gehört.«

»Konntest du ja nicht, bei deinem Gekreische. – Sag mal, hast du die Viecher etwa absichtlich auf meine Bahn gelockt?«

»Was?«

»Kleiner Scherz«, schmunzelte sie und setzte sich zu mir auf den Beton. »Aber nach dem, was du heute abgezogen hast, würde ich dir das zutrauen.«

»Warum bleibst du nie länger hier?«, fragte ich zaghaft.

Sie zuckte mit den Schultern. »Ist doch langweilig, einfach nur so in der Sonne rumzuliegen.«

»Wieso? Man kann doch lesen oder Musik hören – und ab und zu findet man auch jemanden zum Reden.«

»Oder man wird gefunden«, erwiderte sie mit genau dem Lächeln, auf das ich vor einer Woche vergeblich gewartet hatte.

⌇⌇⌇⌇⌇ # Latin Lyrist

»Darf ich mal neugierig sein?«

Das Mädchen lag auf dem Bauch, und ich setzte mich bedenkenlos direkt vor ihre Nase, weil ich annahm, sie würde mich wiedererkennen. Für Stammgäste wie sie und mich war der Badesteg mehr als nur ein sonniger Platz, an dem auch an heißen Tagen ein angenehm kühler Wind weht – der Steg war eine Art Kommunikationsplattform, wo oft auch Menschen, die sich nicht kannten, zwanglos miteinander plauderten. *Ihr* Blick zeigte mir allerdings, dass *sie* mich noch nicht einordnen konnte.

»Letzten Sommer hast du was von einem bevorstehenden Trip durch Südamerika erzählt«, erinnerte ich sie, »und da wollte ich einfach mal fragen, wie's denn so war.«

»Stimmt, ich war letztes Jahr in Südamerika«, antwortete sie zögernd. »Und das soll ich dir erzählt haben?«

»Nein, nicht direkt«, gab ich zu. »Ich hab nur gehört, wie du mit Sarah gesprochen hast. Du weißt schon: Sarah, die Sängerin.«

»Du kennst Sarah?«, fragte sie interessiert und setzte sich auf.

»Na ja, kennen wäre zu viel gesagt. Ich liege immer da hinten am Ende des Stegs«, entgegnete ich und zeigte auf mein ausgebreitetes Handtuch. »Sarah kommt manchmal hier raus, wenn's ihr am Strand zu heiß wird, und da sind wir halt mal ins Gespräch gekommen.«

»Hast du sie auch schon mit ihrer Band gehört?«

Ich kannte die Hörproben von ihrer Website, doch kreischende Rockgitarren waren noch nie mein Geschmack gewesen. Deshalb schlug ich wieder den Bogen zurück nach Südamerika: »Ich steh mehr auf lateinamerikanische Klänge. Juanes hör ich gern.«

»*Tengo la camisa negra*«, zitierte sie den populärsten Song des kolumbianischen Musikers. »Sprichst du Spanisch?«

»Ja. Und ich liebe lateinamerikanische Literatur«, prahlte ich, »Gioconda Belli zum Beispiel.« In Wahrheit war die Nicaraguanerin die einzige südamerikanische Autorin, die ich je gelesen hatte. »Kennst du ihren Roman *El infinito en la palma de la mano*?«

»Die Unendlichkeit in der Hand«, übersetzte das Mädchen. »Worum geht's denn da?«

»Um Adam und Eva«, erläuterte ich. »Der erste Mann und die erste Frau lernen, was es heißt, ein Mensch zu sein, und entdecken dabei, wie verschieden sie sind. Das ist manchmal ganz witzig, zum Beispiel, wenn Adam sich über Evas Launen beklagt und sie ihm daraufhin vorhält, *er* könne die Kinder ja mal stillen, Brustwarzen habe er schließlich auch!«

Sie lachte mich freundlich an, doch ich war nicht sicher, ob ihr Lachen mir galt oder nur der Art, wie die Autorin die menschliche Anatomie auf den Kopf stellte. Vielleicht sollte ich jetzt irgendetwas zitieren, so wie sie Juanes zitiert hatte? »Von der Belli stammen auch so wunderbare Sätze wie: *Sentí el viento sin corrientes de la desnudez*«, plapperte ich los – und bereute es noch im selben Augenblick; was für eine Idiotie, in einem Freibad einer jungen Frau ausgerechnet *diesen* Ball zuzuspielen! Ich wich ihrem Blick aus, und als sie nicht reagierte, hakte ich vorsichtig nach: »Das ist schwer zu übersetzen, nicht?«

Sie nickte. »*Viento sin corrientes* – Wind ohne Strömungen. Vielleicht könnte man stattdessen sagen: Ich spürte den *stillen* Wind der Nacktheit.«

Da war es – das Wort, das auf Spanisch zwar weniger hart klang, aus meinem Mund aber wohl trotzdem das altbekannte Klischee bestätigte: Männer denken immer nur an das Eine! Gnädigerweise überging meine neue Badebekanntschaft den peinlichen Ausrutscher – dachte ich zumindest. »Kennst du Ricardo Arjona?«, fragte sie.

Die einzigen lateinamerikanischen Autoren, die mir vom Namen her noch etwas sagten, waren Isabel Allende und Gabriel García Márquez. »Arjona … ja, den Namen hab ich schon mal gehört«, log ich. »Hilf mir mal …«

»*Desnuda*«, begann sie zu zitieren, »*que la naturaleza no se equivoca / y si te hubiese querido con ropa / con ropa hubieses nacido.*«

Wenn ich schon nicht der Literaturkenner war, den ich ihr vorspielte, wollte ich wenigstens mit meinen Sprachkenntnissen punkten – auch wenn ich es irritierend fand, was mein Gehirn da gerade Zeile für Zeile zusammensetzte: »Nackt, weil die Natur sich nicht irrt … und wenn sie dich bekleidet gewollt hätte … dann wärst du mit Kleidern geboren worden.«

»Perfekt«, lobte sie und fügte mit einem herausfordernden Blick hinzu: »Und wen hast du zu dem Thema noch auf Lager?«

»Äh … na ja … so spontan fällt mir jetzt niemand ein«, druckste ich herum. »Also, Gioconda Belli schreibt auch Lyrik und nicht nur Prosa. Lass mich mal überlegen …«

Das Mädchen blickte in Richtung Strand und war sichtlich bemüht, sich ein Lachen zu verkneifen. Plötzlich hob sie den Arm und winkte. »Gerade haben wir von dir gesprochen«, rief sie Sarah zu, die den Steg entlanggeschlendert kam.

»Hi, Anja. Wie war dein Südamerika-Trip?«

»Oh nein, du jetzt auch noch«, antwortete Anja und wies mit dem Kopf auf mich: »Er hat auch schon gefragt.«

»Ich interessiere mich halt ein bisschen für die spanischsprachige Welt«, warf ich ein.

»Ja, und stell dir vor: Ein Kenner lateinamerikanischer Literatur ist er auch noch«, ergänzte Anja mit einem spöttischen Unterton. »Sag mal, Sarah: Kennst du Ricardo Arjona?«

»Arjona? Ja, der ist gut! Seine Texte sind sehr tiefsinnig. Und der Sound stimmt auch.«

Anja grinste mir unverhohlen ins Gesicht: »Da hörst du's, du Spinner: Ricardo Arjona ist gar kein Lyriker. Er ist Musiker – sozusagen der Juanes Guatemalas.«

Ich senkte den Blick und hörte die beiden Frauen kichern. »Freut mich, dass ich zu euer Erheiterung beitragen konnte«, erwiderte ich nach einer kurzen Denkpause. »Aber ihr sprecht doch sicher auch Englisch, oder? Dann wisst ihr ja, wie man Songtexte auf Englisch nennt: *lyrics*.«

Zweiter Teil
Reisefieber ─────────────

Wie ein Überbleibsel aus der menorquinischen Sagenwelt thronte dieser Riesenfrosch mit geöffnetem Maul am Westrand der Bucht und schien über Trebalúger zu wachen.

(aus *Jäger des roten Punktes*)

Jäger des roten Punktes

»Um von hier aus weiter nach Osten in die herrliche Nachbar-
bucht Cala Trebalúger vorzustoßen (…), bedarf es schon eines
gewissen Orientierungssinns, um sich nicht im Pinienwald auf
den zahlreichen Forstwegen zu verlaufen. Der Weg beginnt an
der östlichen Felskante des Strandes der Cala Mitjana als steiler Trampelpfad zwischen Büschen und ist (fast überall) durch
kleine rote Punkte gekennzeichnet.« So weit Ralf Freiheit in
seinem Reiseführer *Menorca – a poc a poc*, in dessen Vorwort es
heißt, Menorcas Schönheiten seien verborgen, man müsse sie
sich »*a poc a poc*, nach und nach, in kleinen Schritten erobern.«

Der handliche Helfer hatte uns eine Woche lang zuverlässig
über die Insel geleitet, und so standen Petra und ich mit dem
aufgeschlagenen Buch vor der besagten Felskante und über-
legten, ob wir sie wirklich erklimmen sollten. Orientierungs-
sinn? Für den hatte ich meine liebe Frau schon oft bewundert.
Steiler Trampelpfad? Kein Problem für ausdauernde Wanderer.
Rote Punkte? Die werden wir schon nicht übersehen. Das
Einzige, was uns in der Beschreibung etwas Kopfzerbrechen
bereitete, waren die zahlreichen Forstwege – das klang nicht
danach, als gäbe es *den* einen Weg nach Trebalúger. Was uns
dann letztlich aber doch hochtrieb, war die Neugier auf einen
der schönsten und einsamsten Strände Menorcas – einsam vor
allem deshalb, weil er nicht mit dem Auto, sondern nur zu Fuß
oder per Boot erreichbar war.

Nach dem erwartungsgemäß schweißtreibenden Aufstieg
standen wir auf einer Lichtung und vor einer alten Grund-
stücksbegrenzung aus locker aufeinandergetürmten Steinen;

das niedrige Mäuerchen hatte einen Durchbruch, und auf dem Boden direkt davor entdeckte ich einen schon etwas ausgeblichenen, aber eindeutig mit roter Farbe auf das Gestein gepinselten Punkt.

Vom Klippenrand rechts hinter der Mauer blickte gerade ein Pärchen hinunter auf die Cala Mitjana und das türkisblaue Meer; sicherheitshalber erkundigte ich mich, ob wir auf dem richtigen Weg seien.

»Sí!«, antwortete die junge Frau und nickte aus voller Überzeugung. Ihr Freund blickte etwas skeptischer und enthielt sich der Stimme.

Da wir sie für Einheimische hielten, ließen wir den beiden einen Vorsprung und folgten ihnen dann durch die Büsche entlang der Klippe. Dass unsere erwählten Fremdenführer in Wirklichkeit Touristen vom spanischen Festland waren, die sich auf Menorca ebenso wenig auskannten wie wir, merkten wir erst, als sie uns nach einer Weile hilflos achselzuckend entgegenkamen, weil sich der schmale Pfad als perfekte Sprungschanze für potenzielle Selbstmörder entpuppte: Er endete völlig ungesichert in Schwindel erregender Höhe über dem Meer.

Vorsichtig tasteten wir uns an der Felswand zurück und erreichten wieder den markierten Mauerdurchbruch. Ungeachtet des richtungweisenden Punktes überquerte das ortsunkundige Festlandspärchen die Lichtung *vor* der Mauer und verschwand irgendwo zwischen den Bäumen. Wir dagegen suchten *hinter* der Mauer weiter. Der verhältnismäßig breite Weg, auf den wir dabei stießen, führte geradeaus durch den Wald, und nach etwa dreihundert Metern fanden wir am Wegrand sogar einen flachen Stein mit einem roten Punkt. Unsere Entdeckerfreude währte allerdings nicht lange, denn die vermeintliche Wanderstrecke nach Trebalúger verengte sich bald wieder und endete diesmal in einem undurchdringlichen Pflanzendickicht.

Wieder kehrten wir zurück zur letzten roten Marke: Der Stein mit dem Punkt lag an einem Hang – markierte er also gar nicht den Weg, dem wir gefolgt waren, sondern irgendeinen unscheinbaren Trampelpfad, der quer durch die Botanik hinunterführte? Von dieser Annahme waren offenbar auch andere Wanderer ausgegangen, denn tief unter uns hörten wir Stimmen, die sich allmählich näherten. Es waren die Stimmen eines Mannes und einer Frau; sie sprachen Englisch miteinander.

Auch dieses junge Paar in Badeschlappen war auf der Suche nach Menorcas einsamstem Strand bisher kläglich gescheitert: Der Mann, der auch im Wald eine Sonnenbrille trug, misstraute den roten Punkten inzwischen so sehr, dass er umkehren und auf der Lichtung weitersuchen wollte. Ich dagegen hatte mir in den Kopf gesetzt, noch einmal den Weg abzulaufen, auf dem wir standen – vielleicht gab es ja irgendwo eine Abzweigung, die wir beim ersten Mal nicht für voll genommen hatten?

Bei genauerem Hinsehen fiel uns zwischen einigen Sträuchern ein schmaler Durchgang auf, den man mit etwas gutem Willen als Pfad interpretieren konnte; von einem roten Punkt fehlte allerdings jede Spur. Stattdessen lagen an der Ecke auffällig viele Steine unterschiedlicher Größe herum – waren dies die Überreste eines Steinmännchens, mit dem ein Wanderer den Einstieg markiert hatte?

Der Abzweig führte zu einem leicht begehbaren Waldweg, auf dem uns wenig später ein groß gewachsener Mann in Wanderstiefeln entgegenkam; er trug einen Rucksack, der ihn noch weit überragte.

Ich fragte, ob dies der Weg nach Trebalúger sei.

Er hob abwehrend die Hand und rief mir im Vorbeigehen zu: »¡No sé, no sé, no vivo aquí!« – er wisse es nicht und sei nicht von hier. Da Spanier normalerweise äußerst hilfsbereit sind – ganz besonders, wenn man sie auf Spanisch anspricht –, überlegte ich ernsthaft, wie viele von roten Punkten fehlgeleitete Touristen diesem mürrischen Einzelgänger heute wohl schon begegnet waren.

Hinter einer Biegung kreuzte ein schmaler Pfad unseren Weg. Diesmal war die rote Markierung nicht zu übersehen, aber auch sie war nicht eindeutig genug. Wir bogen nach rechts ab: Der Pfad führte wieder auf einen neuen Weg, und wir hatten uns gerade entschlossen, auch diesem nach rechts zu folgen, als wir von links plötzlich Gelächter hörten.

»Hey, ihr seid ja auch noch nicht sehr weit gekommen«, rief der Typ mit der Sonnenbrille. »Okay, dann versuchen wir's jetzt einfach mal gemeinsam, was meint ihr?«

Wir gingen zu viert zurück zu dem letzten roten Punkt und hielten uns an der Kreuzung diesmal links. Der Pfad schlängelte sich weiter durch den Wald und mündete schließlich in einem breiten, gerölligen Wanderweg. Während unsere beiden Begleiter sofort fröhlich und unbeschwert losliefen, blickten Petra und ich uns immer wieder um und versuchten, uns den Rückweg in den Wald einzuprägen, was angesichts der vielen gleichartigen Bäume und Sträucher aber nahezu unmöglich war.

Unser cooler Wanderfreund stellte sich als Brian aus London vor. Als er hörte, dass wir Deutsche und aus Berlin seien, fragte er mich nach einer Straße in Köln: Dort wohnten Freunde von ihm, und die wolle er irgendwann einmal besuchen. Seine Reisegefährtin Isabel war Spanierin und lebte in Bilbao; sie hatte

Brian während einer Sprachreise kennen gelernt, und seitdem verbrachten die beiden regelmäßig ihren Urlaub zusammen.

Wir passierten einen Holzpfahl mit einem Pfeil, der die Aufschrift *Trebalúger* trug und – wir konnten es kaum glauben – tatsächlich in die Richtung wies, in die wir liefen. Der Weg wurde allmählich abschüssiger, und bald darauf sahen wir zwischen hohen Bäumen den hell erleuchteten Strand hindurchschimmern. Vor dieser Kulisse schossen wir paarweise gegenseitig unsere »Zielfotos«; dann stiegen wir den Felshang hinunter, durchquerten eine Höhle und wateten durch den kleinen Fluss, dessen Namen die Bucht trägt. Endlich standen wir barfuß im feinen Sand, unterhalb eines Felsens, dessen Form mich an einen versteinerten Frosch erinnerte: Wie ein Überbleibsel aus der menorquinischen Sagenwelt thronte dieser Riesenfrosch mit geöffnetem Maul am Westrand der Bucht und schien über Trebalúger zu wachen.

Eine Frau jagte gerade ihren Hund den Strand entlang, indem sie einen Stock in hohem Bogen durch die Luft warf, ein Pärchen vertrieb sich die Zeit mit Rückengymnastik, und ein paar junge Kanuten nutzten die Einsamkeit, um sich während ihrer Paddelpause nackt zu sonnen – alles in allem hatten nur etwa ein Dutzend Menschen den Weg zum Trebalúger gefunden.

Petra war nie eine Wasserratte gewesen. Dem Meer und allem, was darin lebte, begegnete meine Frau stets mit respektvoller Vorsicht. Was das betraf, konnte sie sich mit Brian die Hand reichen: Der übervorsichtige Badeabstinenzler wagte sich nur mit den Füßen ins Wasser, doch meine Englischkenntnisse hätten nicht ausgereicht, um ihn mit der nötigen Sensibilität nach dem Warum zu fragen. Auch Isabel ließ sich nicht zu einem spontanen Bad im Mittelmeer bewegen, und so blieb mir wieder einmal nichts anderes übrig, als mich allein im Wasser zu vergnügen.

Zwei Stunden später verabschiedeten Petra und ich uns von dem spanisch-britischen Pärchen. »Ohne euch hätten wir wahrscheinlich aufgegeben und wären umgekehrt«, gab ich zu und nannte auch den Grund für unseren zeitigen Aufbruch: Es war bereits Ende September, und der Rückweg würde schon bei Tageslicht schwer genug zu finden sein.

Wie befürchtet liefen wir die Geröllpiste mehrmals auf und ab, ohne auf einen Pfad zu stoßen, der in den Wald zurückführte. Ich sah bereits die grinsenden Gesichter von Brian und Isabel vor mir, wenn die beiden uns demnächst nicht weit entfernt vom Strand aufsammeln würden – nein, so weit durften wir es einfach nicht kommen lassen!

»Hast du dich auch schon gefragt, wo *der* Weg hier eigentlich endet?«

Petra zuckte nur ratlos mit den Schultern – aber im Grunde wussten wir beide, dass uns gar nichts anderes übrig blieb, als genau dies jetzt herauszufinden.

Nach kaum einer halben Stunde fanden wir uns auf der Lichtung mit der durchbrochenen Mauer wieder – abseits aller roten Punkte gab es ihn also doch: den *einen* direkten Weg nach Trebalúger.

Dieser Weg habe damals so nicht existiert, den habe er in seinem Buch noch nicht berücksichtigen können, erläutert uns Ralf Freiheit, als wir ihn an einem der folgenden Tage in einer Strandbar treffen; der Deutsche lebt seit zwei Jahrzehnten auf Menorca und arbeitet als Wanderführer. Der *Camí de Cavalls*, ein historischer Pferdeweg, der früher um die ganze Insel führte, sei lange Zeit unterbrochen gewesen, fährt er fort; erst vor Kurzem habe die menorquinische Regierung die letzten Küstenanlieger dazu bewegen können, das Durchwandern ihres Grund und Bodens wieder zuzulassen.

Wohl dem, der das weiß: Eingeweihte können sich die Cala Trebalúger heute in *großen* Schritten erobern. Für alle »Jäger des roten Punktes« aber wird die Bucht wohl auch in Zukunft eine von Menorcas verborgensten Schönheiten bleiben.

Der Fluch der Nacktheit

Ein junger Spanier steigt den flachen Felskamm hinunter, der den Strand der Cala Turqueta durchschneidet. Als er das Ufer erreicht, zögert er einen Moment; dann legt er seine Badeshorts auf einem Felsen ab und läuft ins Wasser.

Kurz darauf springt eine Frau auf, die sich bis dahin nur mit freiem Oberkörper zu sonnen gewagt hat; auch sie lässt ihr letztes Stück Textil achtlos in den Sand fallen und mischt sich ohne Scheu unter die übrigen Badenden.

Das »Virus« greift schnell weiter um sich: Ein Paar mit einem fünfjährigen Kind sucht sich am Strand einen Platz. Kaum haben die drei sich ausgezogen, rennt der Junge vor zu einem gleichaltrigen Mädchen, das dabei ist, eine Sandburg zu bauen. Sein Vater folgt ihm ans Ufer und plaudert ungeniert mit den Badekleidung tragenden Eltern der Kleinen.

Später im Wasser spreche ich ihn in meinem etwas holprigen Spanisch an: »Bevor ihr gekommen seid, war ich mir nicht ganz sicher, ob …«

Er grinst, noch bevor ich meinen mühsam konstruierten Satz vollendet habe: »… ob du hier nackt baden darfst?«

Ich nicke nur.

»Ja, das geht mir auch oft so«, erwidert er gelassen. »Aber keine Sorge: Hier auf Menorca kümmert das keinen. Nirgends.«

Die kleine Balearen-Insel ist für Naturfreunde ein wahres Paradies: 1993 wurde sie von der UNESCO zum Biosphärenreservat erklärt. Die wackeren Menorquiner hatten im Vorfeld sämtliche Infrastrukturprojekte, die die Natur ihrer Insel nachhaltig geschädigt hätten, zum Scheitern gebracht.

Eines der wenigen touristischen Zentren Menorcas befindet sich rund um die Cala Galdana. Von dort führen Wanderwege zu unbebauten, feinsandigen Stränden, an denen man – textilfrei oder nicht – das kristallklare, tiefblaue Meer und die Schönheit der umliegenden Felshänge genießen kann.

In die Cala Trebalúger bog einmal eine hölzerne Nussschale mit aufgerolltem Segel ein; das Boot hielt direkt auf den Strand zu und ankerte im Flachwasser. Am Bug trug es in etwas ausgeblichenen Lettern den Namen *Jona*.

Zwei nackte Männer sprangen über die Reling und erreichten bald darauf den Strand. Petra begann zu schmunzeln, denn die beiden waren ein seltsames Pärchen: der eine klein, schlank und drahtig mit langem blondem Haar, der andere groß, breitschultrig und muskulös mit dunkler Kurzhaarfrisur. Der Zwerg schien sich besser auszukennen: Er redete auf den Riesen ein und zeigte ihm die kleine Höhle, die Wanderer durchqueren, um an den Strand zu gelangen.

Nach einer Weile kamen die beiden Landausflügler zurück und liefen schnellen Schrittes zur anderen Seite der Bucht hinüber. Dort folgten sie einem schmalen Pfad, der an den Dünen entlang und dann in den dahinterliegenden Wald führte.

Als sie bereits außer Sichtweite waren, schwang sich ein dritter Mann in Badeshorts über die Reling der *Jona*. Auf der Suche nach seinen beiden Mitreisenden schlug er zwar die richtige Richtung ein, bog dann aber nicht ab auf den Pfad entlang der Stranddünen, sondern lief weiter geradeaus den Felshang hinauf. Ich hörte ihn rufen, bevor auch er im Wald verschwand.

Die drei erkundeten also die Umgebung, wenn auch auf getrennten Wegen, und ich nutzte die Gelegenheit und schwamm hinüber zur *Jona*. Aus der Nähe betrachtet erwies sie sich als schmuckes kleines Boot und machte einen recht stabilen Eindruck, und ich fragte mich, ob die drei Männer privat unterwegs waren oder ob der Riese und der Shortsträger vielleicht eine geführte Tour bei dem Zwerg gebucht hatten.

Während der eine noch suchend durch den Wald irrte, kamen die beiden anderen aus den Dünen zurück und ließen sich in den Sand fallen.

Ich ging auf sie zu und fragte: »Ist das eine private Tour?«

Der Zwerg richtete sich auf. »Ja«, antwortete er nickend und wies mit dem Finger auf sich: »Das ist mein Boot.«

»Man kann es also nicht mieten?«

»Nein, es ist nicht zu vermieten.«

Als endlich auch der dritte Mann wieder den Hang heruntergelaufen kam, gingen ihm seine beiden Freunde entgegen. Gemeinsam liefen die drei noch ein Stück den Strand entlang und anschließend durchs Flachwasser in Richtung *Jona*.

Der drahtige Skipper bemerkte, dass ich ihn noch immer beobachtete. Offenbar dämmerte ihm, dass man mit Touristen Geld verdienen konnte: Er machte kehrt und kam auf mich zu.

»Also … bei mir ginge es nur sonntags. Am Sonntag könnte ich eine Fahrt mit euch machen.«

»Und was würde das kosten?«, fragte ich.

Er überlegte kurz. »Hundert Euro für euch zwei.«

»Okay.«

»Gut, dann ruf mich am besten morgen an und wir machen das fest. Ich geb dir meine Nummer. Hast du ein Handy?«

Fehlanzeige – unsere Handys lagen sicher verwahrt im Zimmersafe des Hotels. »Ich hole was zum Schreiben«, erwiderte ich. Erwartungsvoll rannte ich zu unserem Liegeplatz und bat Petra um ein Stück Papier und einen Stift.

Sie kramte in ihrem Rucksack, fand aber weder einen Zettel noch sonst etwas, worauf ich hätte schreiben können: keinen Fahrschein, keine Eintrittskarte – nicht einmal einen Kassenbon.

»Na schön, dann gib mir wenigstens den Stift.« Ich kann mir ja die Nummer auch auf den Arm schreiben, dachte ich. Zwar hätte ich mich dann für den Rest des Tages nicht mehr ins Wasser getraut, aber das wäre mir die Fahrt mit der *Jona* wert gewesen.

»Ich fürchte, der liegt auf dem Tisch im Hotel«, erwiderte meine Frau zerknirscht. »Weil ich gestern Karten geschrieben hab.«

Enttäuscht blickte ich zu dem Zwerg hinüber und schüttelte den Kopf. Daraufhin zuckte er nur bedauernd mit den Schultern und lief zurück ins Wasser. Während die *Jona* sich langsam vom Strand entfernte, winkte er mir noch einmal zu.

Erst viel später kam mir die Idee, wie wir das Problem hätten lösen können: Der Skipper hätte seine Telefonnummer in den Sand schreiben können, und ich hätte dann anstelle des Kugelschreibers meine Digitalkamera gezückt. Doch dort draußen in der freien Natur, an einem der einsamsten Strände Menorcas, war mir wieder einmal jeder Gedanke an die Segnungen der modernen Zivilisation ein Gedanke zu viel gewesen.

﹏﹏﹏ *Pi(c)knick*

Um sie herum wird es dunkel: Die Wespe ist gefangen. Sie versucht, ihre Flügel auszubreiten, stößt aber gegen etwas Elastisches, das sich über ihrem Körper spannt und sie sanft auf einen weichen, warmen Untergrund drückt.

Unser Picknick in den Dünen auf der kleinen Algarve-Insel Culatra blieb nicht unbemerkt: Zuerst hatte uns nur *eine* Wespe umschwirrt, während wir uns eine Auswahl süßer portugiesischer Köstlichkeiten einverleibten, doch schon nach dem dritten Happen fanden sich weitere dieser Plagegeister ein. Zum Glück waren sie alle nicht besonders stechfreudig und ließen sich mit lockeren Handbewegungen von den reich verzierten kleinen Törtchen aus der *pastelaria* fernhalten.

Die Fühler der Wespe tasten sich an einem wuchernden Gestrüpp entlang. Plötzlich ändert sich ihre Orientierung im Raum: Eben noch hat sie auf ihren sechs Beinen gestanden – jetzt hängt sie senkrecht wie an einer Wand.

Während Petra die Reste unseres Picknicks zusammenräumt, schlendere ich ans Wasser. Die Brandung hat den Sand zu einer vierzig Zentimeter hohen Kante aufgehäuft, die von den dagegenkrachenden Wellen regelmäßig überspült wird. Ein etwa achtjähriger Junge macht sich einen Spaß daraus, so kräftig auf den Rand dieser Miniaturklippe zu treten, dass der Sand herunterbröckelt.

Widerwillig hatte ich meine Badehose aus dem Rucksack gekramt. An einsamen Stränden laufe ich viel lieber ohne herum, doch da der wilde Achtjährige und seine Muscheln suchenden Eltern noch immer in Sichtweite sind, traue ich mich nicht.

Die Wespe kämpft sich aufwärts durch den Dschungel. Ab und zu sieht sie über sich einen Lichtschein: Das elastische Etwas, das ihr die Freiheit raubt, scheint dort oben eine rettende Öffnung zu haben.

Der Zeitpunkt des Hochwassers ist vorüber: Das Meer erreicht die sandige Abbruchkante nur noch selten. Die Familie hat sich auf den Rückweg zum Strandaufgang gemacht; die drei verschwinden gerade zwischen den Dünen.

Endlich kann ich die Hose ausziehen. Irgendetwas pikt darin, vermutlich ein harter, trockener Grashalm. Selbst schuld, warum war ich beim Umziehen in den Dünen auch sitzen geblieben? Ich drehe das Innere nach außen. Wieder fliegt mich eine Wespe an. Auch hier treiben sie sich also herum, diese Biester – so dicht am Wasser!

∿∿∿∿∿ *Hindernisbaden*

Endlich weiß ich es: Der Garten Eden liegt nur fünf Flug-
stunden von Berlin entfernt. Nicht nur, dass die beiden durch
eine schmale Schlucht voneinander getrennten Hotelgebäude,
das Eden Esplanade und das Eden Luz, von einem tropischen
Garten umgeben waren; nicht nur, dass man auf der Brücke
über den *barranco* zahlreichen Echsen, frei laufenden Hüh-
nern und gelegentlich sogar ausgebüxten Ziegen begegnen
konnte – nein, der eigentliche Clou des Eden war *la piscina
naturista*, der FKK-Pool auf der Dachterrasse des Esplanade, von der aus man sowohl Teneriffas majestätischen Vulkan
Teide als auch das Meer sehen konnte. Sicher: Die eine oder
andere Bausünde an den Hängen rund um die Hotelanlage
musste man sich wegdenken, doch das waren Kleinigkeiten
im Vergleich zu der überwältigenden Gesamtkulisse, die alle
Adams und Evas ohne Feigenblatt genießen durften – weder
das Hallenbad im Garten noch der Pool in der fünften Etage
boten einen vergleichbaren Rundblick.

Mancher Neuankömmling, der zwecks erster Orientierung
zur zehnten Etage hinaufgefahren war, mag angesichts des
Panoramas vielleicht den Entschluss gefasst haben, während
dieses Urlaubs die Badehose im Koffer zu lassen. Doch in der
Regel versammelten sich bei sonnigem Wetter immer dieselben Fans nahtloser Bräune auf dem Dach: ein Rentnerpaar
aus Sachsen, eine jüngere Frau, die ihr Gesicht stets mit einem
großen Strohhut bedeckte, und ein muskulöser, tätowierter
Glatzkopf mittleren Alters, der eine verspiegelte Sonnenbrille

trug und geradewegs aus *Werner – Beinhart!* entsprungen zu sein schien.

Wie die anderen Badegäste zog es auch mich beim ersten Mal unwillkürlich auf die Landseite der Terrasse, zu den Liegen mit Blick auf den Teide. Ich legte meine Sachen auf einer freien Liege zwischen dem Muskelmann und der Frau mit dem Strohhut ab. Dann erst fiel mir auf, dass hier etwas nicht stimmte: Der Pool war nicht etwa von einer ebenerdigen Ablaufrinne eingefasst, sondern von einer Mauer, die mir bis zur Hüfte reichte; sie war ungefähr einen halben Meter dick und auf der Oberseite mit verfugten, an den Rändern abgerundeten Steinplatten verkleidet. Diese Bauweise wäre sicher nicht ungewöhnlich gewesen, hätte die Badeleiter von der Terrasse auf die Mauer und dann auf der anderen Seite hinunter ins Wasser geführt; doch die Haltestangen setzten erst auf der Mauer an – von der Terrasse aus gab es keine Leiter.

Einen Moment lang stand ich ratlos vor dem Becken. Gab es hier irgendwo eine versteckte Kamera? Waren der Mann mit der Sonnenbrille und die Frau mit dem Strohhut nur eingeweihte Statisten? Ich verwarf diesen Gedanken sofort wieder: Zwar wurde Nacktbaden bei jungen Spaniern immer beliebter, aber als Abendunterhaltung im Fernsehen? Nein, so weit würde man in einem katholischen Land wohl doch nicht gehen.

Entschlossen trat ich einen Schritt auf die Mauer zu und griff nach den Haltestangen. So, jetzt einfach einen Fuß auf die Mauer und sich mit den Armen hochziehen – stopp! Gerade noch rechtzeitig schoss mir durch den Kopf, dass mein Rücken eine solche Überstreckung unweigerlich mit tagelangen Schmerzen quittieren würde – für die Übung war ich definitiv ein paar Jahre zu alt.

Wie wäre es dann, wenn ich mich einfach mit den Armen auf die Mauer hochstemmte? Vorwärts? Rückwärts? Nein, vorwärts ging nicht – eine Knochenhautentzündung an den Rippen brauchte ich kein zweites Mal! Also lieber mit dem Hintern zuerst auf die Mauer ... Ein Glück, der Strohhut kriegte von all dem nichts mit – aber die Sonnenbrille? Der Typ lag auf der Seite: Schlief er? Ich habe Brillen, durch die man die Augen ihres Trägers nicht sehen kann, schon immer gehasst!

Als ich erst mal auf der Mauer saß, war der Rest ein Kinderspiel: aufstehen, festhalten und dann rückwärts die Leiter runter. Während ich meine Bahnen zog, musste ich an das alte Ehepaar auf der Terrasse denken: Welche Chance hatten die beiden eigentlich, jemals in dieses Becken zu steigen?

Plötzlich kam hinter der Mauer der Strohhut zum Vorschein: Die Frau war aufgestanden und riss sich ihr einziges Kleidungsstück vom Kopf. Insgeheim freute ich mich schon darauf zu sehen, wie sie sich bei der Überwindung der Mauer anstellen würde, doch sie ging zielstrebig um das Becken herum zu dessen Schmalseite. Badeleitern gab es nur an den beiden Längsseiten des Pools, doch die Leiter gegenüber war genauso dämlich angebracht – wozu also der weite Weg?

Die Frau wollte nicht zu der Leiter gegenüber. Sie duschte kurz und stieg dann lässig und völlig unangestrengt in vier Schritten auf die Mauer hinauf. Dann lief sie auf dem Beckenrand zu der Leiter, über die auch ich ins Wasser gelangt war. Vier Schritte – es waren vier Schritte gewesen. Vier Schritte, drei Stufen: An der Schmalseite musste es eine Treppe geben! Aber ausgerechnet Nudisten ein Schaulaufen auf dem Beckenrand aufzuzwingen – wie absurd war das denn? Genauso absurd wie dieser erbärmliche Versuch, von meiner eigenen

Nachlässigkeit abzulenken: Hätte ich auch vor dem Schwimmen geduscht, wäre mir die Treppe eher aufgefallen.

Am nächsten Morgen wollte ich mir keine Blöße mehr geben. Die Besetzung auf der Terrasse war die gleiche, nur die Liege des Tätowierten war leer. Er stand lesend im Pool; sein Buch hatte er vor sich auf dem Beckenrand liegen, und zwar genau dort, wo die Stufen hinaufführten. Ich stellte mich demonstrativ unter die Dusche, um ihm zu signalisieren, dass ich beabsichtigte, ins Wasser zu gehen. Doch er war so in den Text versunken, dass er mich gar nicht wahrnahm. Erst als ich direkt vor seiner Nase die drei Stufen hinaufstieg und mich mit einem dahingemurmelten »Entschuldigung!« an seinem Buch vorbeischlängelte, blickte er zu mir auf und grinste. Hatte er gestern etwa doch nicht geschlafen, sondern die ganze Aktion mitangesehen? Wie peinlich: Was mag ein kräftig gebauter Mann wie er wohl denken, wenn er einen Hänfling wie mich so ungeschickt herumklettern sieht?

Als ich mich später neben ihm auf der Terrasse sonnte, bemerkte ich, wie er sich mit schmerzverzerrtem Gesicht vom Rücken auf die Seite drehte.

»Hexenschuss«, stöhnte er.

Jetzt musste ich grinsen, denn ich konnte mir lebhaft vorstellen, wie er sich den geholt hatte.

⁓⁓⁓ *I don't mind*

Den ganzen Tag über war Tom damit beschäftigt gewesen, das Lagerfeuer in Gang zu halten. Auf dem Grillrost stand ein zerbeulter Kochtopf, der größte, den wir auf unsere Kanutour durch die kanadische Wildnis mitgenommen hatten. In dem Topf stapelten sich Steine – große, schwere, vom Wasser teilweise glatt geschliffene Brocken, die sich zwar nur langsam erwärmten, die Hitze dafür aber umso länger speichern konnten. Er habe eine Überraschung für uns, hatte Tom verkündet, heute, an unserem letzten Abend hier draußen in der unberührten Natur des Algonquin Parks.

Eine Woche lang war der 25-Jährige mit uns über große und kleine Seen gepaddelt, hatte uns durch enge Flussläufe gelotst und uns geholfen, die Kanus über Biberdämme hinwegzuhieven. Uhren und Handys hatte er vor unserem Aufbruch eingesammelt und stattdessen jedem eine Rolle Toilettenpapier in die Hand gedrückt – die hüteten wir wie einen wertvollen Schatz, denn an Nachschub war unterwegs nicht zu denken. Wir hatten die Kanus und unser Gepäck über Land von einem See zum nächsten geschleppt, in Zelten auf unebenen Waldböden übernachtet und ausschließlich Seewasser mit Brausepulver getrunken – und das alles nur, um ab und zu einen Blick zu erhaschen auf einen Elch, einen Biber oder den schwarz-weiß gefiederten Loon, einen Seetaucher mit leuchtend roten Augen und durchdringend heulendem Ruf.

Alles in allem war unsere Tour sehr harmonisch verlaufen – auch wenn Irmgard anfangs behauptete, jemand habe ihren »Schatz« gestohlen; wie sich herausstellte, war es allerdings ihr Sohn Chris gewesen, der zwei Klorollen eingesackt hatte. Die Harmonie wurde auch nicht dadurch getrübt, dass wir uns zu acht zwar tagsüber vier Kanus, nachts aber nur drei Zelte teilten. Tom als Guide hätte eins davon für sich allein beanspruchen können, doch er bestand nicht auf diesem Privileg, als seine attraktive englische Kanupartnerin Anna sich entschloss, die Nächte mit ihm, dem Kanadier, statt mit der Österreicherin Beatrice und den Deutschen Irmgard und Chris zu verbringen.

Als wir am späten Nachmittag von unseren individuellen Kanuausflügen zurückkehrten, hatte Tom das vierte Zelt aufgebaut, das eigentlich nur als Ersatz gedacht war. Es stand etwas abseits der übrigen Zelte direkt am Seeufer, nicht weit entfernt von der Feuerstelle. Nach so einer Woche hätten wir uns eine Belohnung verdient, betonte Tom, es sei Zeit für einen entspannenden Saunaabend.

Eine Strandsauna mitten in der Wildnis – die Idee fanden wir alle hervorragend. Uneinigkeit bestand in unserer international zusammengewürfelten Gruppe allerdings darüber, ob wir mit oder ohne Badekleidung in das Zelt kriechen sollten. Für uns Deutsche war das keine Frage, denn in unseren Saunen sind Textilien aus hygienischen Gründen verboten – in Großbritannien dagegen schüttelt man über so viel Schamlosigkeit den Kopf. Erfahrungsgemäß hielten sich auch die Kanadier in der Sauna eher bedeckt, doch Tom als einziger Einheimischer bemerkte zu dem Thema nur: »I don't mind.« *I don't mind* heißt so viel wie: »Ich habe nichts dagegen.« Aber war das in diesem Fall gleichbedeutend mit »macht, was ihr wollt«?

Es dämmerte bereits, und ohne eine für alle verbindliche Entscheidung getroffen zu haben, gingen wir zu unseren Zelten zurück, um uns je nach Vorliebe aus- oder umzuziehen. Anna kroch schließlich im Badeanzug ins Saunazelt, und auch Irmgard, Chris und Beatrice hatten beschlossen, sich den Gepflogenheiten des Gastlandes anzupassen. Petra, ich und unsere Zeltgenossin Anita ließen uns dagegen von den deutschen Hygieneregeln leiten. Dicht gedrängt kauerten wir unter der orangefarbenen Plane, während Tom langsam und vorsichtig den großen Topf mit den heißen Steinen in das Zelt schob und sich anschließend selbst hineinquetschte.

Die Wirkung war phänomenal: Unter dem niedrigen Zeltdach breitete sich die Hitze sehr schnell aus, und da wir eng beieinander saßen und uns aus Angst, an den heißen Topf zu stoßen, kaum bewegten, schwitzten wir, noch bevor Tom die erste Kelle Wasser auf seinen mühsam aufgeheizten Strandsaunaofen schüttete. Das anschließende Bad im See unterm Sternenhimmel war wie eine Befreiung aus klaustrophobischer Enge, und entsprechend ausgelassen rannten wir umher und spritzten uns wie Kinder gegenseitig nass.

Irgendwann rief Tom uns zusammen und wir bildeten einen Kreis um das Feuer. Eine Plastikflasche machte die Runde; darin war ein Kräuterlikör, den Tom für diesen Abend aufgespart hatte. Die Frauen hatten sich Handtücher über die Schultern gelegt oder sich gleich ganz darin eingehüllt – auch Petra und Anita. Da ich vom Wasser nie genug bekommen konnte, stieß ich als Letzter dazu und bemerkte dadurch erst ziemlich spät, dass ich inzwischen der Einzige war, der nackt am Feuer stand. Ungerührt blickte ich reihum in die im Flammenschein flackernden Gesichter meiner Reisegefährtinnen und -gefährten und dachte: I don't mind!

Finnland Feeling 〰〰〰

Im ersten Moment wirkt das kalte Wasser des Vesijako nicht gerade einladend. Kalt? Siebzehn Grad gelten als warm – jedenfalls in Finnland! Doch ich bin kein Finne; ich fange gerade erst an, die hiesige Badekultur kennen und lieben zu lernen.

Der Vesijako liegt im südwestlichen Teil der Finnischen Seenplatte. Mit seiner Länge von acht Kilometern gehört er zu den kleineren der 187 888 Seen, die etwa zehn Prozent der Fläche Finnlands ausmachen. Und doch soll er etwas ganz Besonderes sein – jedenfalls nach Aussage unseres Vermieters, eines jungen Bauern: »Das hier ist der einzige See der Welt, in dem es eine Strömung gibt, obwohl er weder einen Zufluss noch einen Abfluss hat. Er wird nur von einer Quelle auf dem Grund gespeist. Das Wasser ist absolut sauber – du kannst es trinken!«

Ich habe meine Zweifel, was die weltweite Einmaligkeit des Sees betrifft. Fest steht aber, dass sein großer östlicher Nachbar Päijänne – der wasserreichste, tiefste und längste See Finnlands – als Trinkwasserreservoir für eine Million Menschen dient. Im Schatten all dieser Superlative braucht offenbar auch mein Gastgeber etwas, das seinen kleinen Vesijako aus der Masse der finnischen Seen heraushebt.

In Deutschland würde mich ein wolkenverhangener Himmel kaum aus dem Haus locken, geschweige denn in einen – für heimische Verhältnisse – kalten See. Doch hier genieße ich das leichte Frösteln, das meinen in der Sauna aufgeheizten Körper erfasst. Ich laufe auf den schaukelnden Holzsteg hinaus. Nicht weit entfernt sitzt ein Angler in einem Ruderboot:

Als der Mann mich kommen sieht, greift er sofort nach seinen Rudern und entfernt sich, ohne noch einmal aufzublicken. In Finnland gelten hundertfünfzig Meter rund um ein Haus als privat, und das respektiert hier auch jeder.

Ich schwimme ein paar Stöße vom Steg weg und gleite zwischen den Ausläufern eines Schilfgürtels hindurch, der zum Ufer hin immer dichter wird. Die Halme streichen sanft über meine Haut; sie kitzeln ein wenig. Dann wate ich zurück und ziehe mich an der Leiter hoch aus dem Wasser. Der Weg zum *mökki*, einem massiven Blockhaus, führt über ein naturbelassenes Waldgrundstück. Frierend reiße ich die Tür auf: Schon im Vorraum zur Sauna empfängt mich eine behagliche Wärme.

Ein Schwall heißer Luft strömt mir entgegen, als ich die nächste Holztür öffne. Das Thermometer zeigt 85 °C, fünf Grad weniger als beim ersten Saunagang. Mein nächster Blick gilt deshalb dem Ofen: Die Holzreste darin glühen nur noch. Ich schiebe zwei Stück Brennholz nach, bevor ich mich wieder auf die oberste Pritsche lege. Zugegeben: Die Temperatur wäre noch schweißtreibend genug gewesen, doch ein knisterndes Feuer im Ofen macht die Sauna hier draußen auf dem Land erst richtig gemütlich.

Mein erster Kontakt mit finnischen Saunagebräuchen fand allerdings an einem modernen Elektroofen statt. In finnischen Hotels saunieren *naiset* (Damen) und *miehet* (Herren) entweder nacheinander oder in getrennten Saunen; Paare treffen sich erst im Schwimmbad wieder. Allerdings: Der Pool ersetzt oft den See vor der Haustür – auch temperaturmäßig!

In Oulu war die Herrensauna an jenem Abend gut besucht. Ich platzte in das Gespräch von drei jungen Finnen hinein –

und war an meinem Handtuch sofort als Ausländer zu erkennen. Die Männer saßen auf einem kleinen Stück Papier, das sie aus dem Vorraum mitgenommen hatten. *Kein Schweiß aufs Holz*, der Standardspruch an deutschen Saunatüren, ist in Finnland unbekannt: Wer hier auf der Pritsche den Schweißfleck eines Vorgängers findet, schüttet einfach Wasser darüber und wischt ihn mit der Handkante weg – schließlich nutzte die finnische Landbevölkerung die Sauna früher sogar als Krankenlager. Davon erzählt auch ihr Nationalepos *Kalevala*:

> *Ging der weise Väinämöinen,*
> *dieser ew'ge Zaubersprecher,*
> *mit dem Totenreich zu streiten,*
> *mit den Krankheiten zu kämpfen.*
> *Ließ die Badestub' erwärmen,*
> *ließ die Steine dort erhitzen*
> *mit dem allerreinsten Holze,*
> *mit vom Fluss geschwemmten Scheiten.*

Ich grüßte mit einem finnischen *hei* – und bemühte mich, es nicht wie das englische *hey* klingen zu lassen.

Ein etwa dreißigjähriger Mann grüßte freundlich zurück und sprach auf Finnisch weiter.

»Sorry, I don't speak Finish«, erwiderte ich.

Ohne zu zögern schaltete er auf Englisch um: »Woher kommst du?«

»Aus Deutschland.«

»Glückwunsch! Ihr seid im Finale. Hast du das Spiel gesehen?«

Die deutsche Nationalmannschaft hatte im Halbfinale der Fußballweltmeisterschaft 2002 Korea besiegt. »Ja«, antwortete ich, »aber nur die letzten zehn Minuten.«

»Die Deutschen haben in diesem Jahr ein verdammt gutes Team!«, lobte der Fußballfan Rudi Völlers Mannschaft und nahm einen Schluck aus der Bierdose, die er in der Hand hielt.

Nach einer kurzen Pause ergriff sein Nachbar das Wort: »Bist du privat oder geschäftlich hier?«

»Privat. Ich bin mit meiner Frau auf einer Rundreise: von Hanko über Savonlinna nach Rovaniemi und von dort über Oulu zurück nach Helsinki.«

»Oh!«, erwiderte der junge Mann. »Sightseeing in Finnland! Viele, viele Bäume und einige Seen – das ist doch alles, was du hier von der Straße aus zu sehen bekommst. Gefällt dir das?«

»Ja, Finnland ist ein sehr schönes Land.«

Der Finne hatte offenbar keine so gute Meinung von seiner Heimat: »Ich weiß noch, wie ich mal einen Sommer mit einem Geschäftspartner aus der Schweiz fünfhundert Kilometer durch die Wälder fahren musste – bei fünfundzwanzig Grad und ohne Klimaanlage im Auto! Der Typ war danach so fertig, er wollte nur noch nach Hause.«

»Er hat wohl nicht damit gerechnet, dass es in Finnland so warm werden kann«, entgegnete ich lachend.

Mein Gesprächspartner schüttete eine Kelle Wasser auf die heißen Steine. »Ist das okay für dich?«

Zischend schoss Wasserdampf in die Luft, und ich spürte die heranströmende Hitze auf meiner Haut. »Für mich schon. Aber zu Hause mag es nicht jeder so feucht.«

»Tatsächlich?«, erwiderte der Mann und schüttete noch eine Kelle nach. »Bei uns ist es üblich, immer dann Wasser aufzugießen, wenn jemand neu die Sauna betritt.« Er ließ die Kelle in den leeren Eimer zurückfallen und fragte: »Hast du zu Hause auch eine eigene Sauna?«

Die Frage war nicht verwunderlich, wenn man bedenkt, dass Finnland flächenmäßig kaum kleiner ist als Deutschland. Allerdings stehen rund achtzig Millionen Deutschen nur gut fünf Millionen Finnen gegenüber – und die schwitzen in 1,7 Millionen Saunen!

»Nein, wir haben in Deutschland nicht so viel Platz, dass sich jeder eine eigene Sauna bauen könnte. Ich gehe aber von Zeit zu Zeit in eine öffentliche Sauna.«

»In eine öffentliche Sauna«, wiederholte der Finne etwas mitleidig.

Ich nickte und fügte hinzu: »Wir haben allerdings bei uns keine getrennten Saunen.«

»Ach so, dann tragt ihr also Badekleidung«, stellte er fest.

»Nein, nicht in der Sauna.«

Der junge Mann riss die Augen auf. »Nackt? Frauen und Männer – gemeinsam?«, stammelte er, scheinbar entsetzt darüber, welchen Schaden die finnische Saunakultur in anderen Regionen der Welt genommen hat.

Nachdem er sich von dem Schock erholt hatte, griff er nach dem Wasserkübel und ging hinaus. Kurz darauf kehrte er zurück und stellte den aufgefüllten Eimer vor mir ab. »So, jetzt bist du am Zuge. Gute Reise noch.«

»Danke«, erwiderte ich und goss zwei Kellen Wasser auf den Ofen – sehr zur Freude der übrigen Einheimischen.

Rückblickend denke ich, dass ich an jenem Abend mehr über die Mentalität der Finnen gelernt habe als während der gesamten übrigen Reise. Schweißtriefend greife ich nach der Wasserkelle. Einer der Steine auf dem holzgefeuerten Ofen ist ausgehöhlt wie ein kleines Gefäß. Ich fülle ihn vorsichtig auf und beobachte, wie das Wasser etwas verzögert zu kochen beginnt. Wie es sich in einer finnischen Sauna gehört, schütte ich dann noch eine Kelle auf die übrigen Steine. Der heiße Dampf beginnt auf meiner Haut zu brennen. Warum lieben es die Finnen bloß so feucht? Die Antwort steht wiederum im *Kalevala*-Epos:

> *Väinämöinen alt und weise,*
> *warf darauf er süßen Dampfstoß,*
> *fachte honigheiße Schwaden*
> *aus den stark erhitzten Steinen –*
> *sprach darauf er diese Worte:*
> *»Guter Gott, nun komm' zum Bade,*
> *dringe Gott nun in die Dünste,*
> *Wohlbefinden zu bewirken,*
> *Ruh' und Frieden zu bereiten.«*

Auch wenn der Finne von heute sich das nicht mehr bei jedem Bad bewusst macht: Die Aufgüsse dienten tatsächlich einmal der Beschwörung von Göttern. Doch auch Väinämöinens poetische Worte können bei mir einen Gedanken nicht verdrängen: dass ich bald wieder mit nur einem Aufguss zu jeder vollen Stunde und einem Tauchbecken anstelle eines Sees vorliebnehmen muss.

Beim Verlassen des Sanariums mache ich einen Zeitsprung: Jetzt wirkt nichts mehr futuristisch, das Ambiente erinnert an römische Bäder. (…) Ich laufe zwischen steinernen Bänken und sieben Meter hohen Travertinsäulen zu der Steintreppe am flachen Ende des Beckens.

(aus *Der Reiz des Augenblicks*)

Dritter Teil

Saunafreuden

Heißes Spiel ⌣⌣⌣⌣

»Für den nächsten Aufguss haben wir eine Aushilfe«, kündigte der Bademeister an, während er Wasser auf die heißen Steine schüttete. »Aber sie ist noch sehr jung, und sie lernt noch. Also: Seid nett zu ihr! Letzten Freitag war sie schon mal hier, und ich glaube, die Gäste waren ganz zufrieden.«

Eine Stunde später kam eine junge Frau in die Sauna und blickte unsicher in die Runde. »Hallo. Ich hab mal was Fruchtiges mitgebracht: Mango-Orange.«

Sie stellte den Wassereimer mit dem Duftöl vor dem Ofen ab und trat zwei Schritte zurück. Im Türrahmen stehend fing sie an, frische Luft in den Raum zu wedeln. Ihr Handtuch fegte dabei über den Boden, weil sie es am äußersten Ende festhielt; doch statt mehr in die Mitte zu greifen, holte sie noch weiter aus und schlug es versehentlich einem Mann um die Ohren, der gerade hinter ihr den Gang entlanglief.

Irgendwann fragte sie: »Also, ich weiß nicht: Ist das jetzt genug?«

»Ja, das reicht«, versicherte ihr eine Frau, während wir anderen still in uns hineinkicherten.

»Na gut, dann wollen wir mal.« Das Mädchen schloss hinter sich die Tür und begann Wasser aufzugießen. Immer und immer wieder führte sie die nur halb volle Kelle vom Eimer zum Ofen, bis sie schließlich selbst feststellte: »So, das langt erst mal.«

Ich rechnete nicht wirklich damit, dass diese Aufgusskünstlerin noch in die Gänge kommen würde. Doch immerhin war sie schon Profi genug, um der Hitze genügend Zeit zu lassen, sich auszubreiten: Sie wartete geduldig ab, bis das Zischen auf den Steinen nachließ, und rollte währenddessen ihr Handtuch zu einem langen Schlauch zusammen. Dann stieg sie auf die unterste Pritsche und schleuderte das zusammengerollte Tuch auf Zehenspitzen stehend und mit hochgerecktem Arm so heftig im Kreis herum, als wollte sie es mit den Rotorblättern eines Hubschraubers aufnehmen.

Nach einer Weile setzte sie zur Landung an, legte das Handtuch neu zusammen und zog es mit äußerst eleganten, kräftig knallenden Schlägen durch die Luft; dabei drehte sie sich langsam, sodass nacheinander jeder Einzelne von uns einen Hitzeschwall im Gesicht und auf den Schultern spürte. Es war nicht mehr zu leugnen: In dieser unscheinbaren zarten kleinen Frau steckte mehr Power als in manchen ihrer männlichen Kollegen.

Schon zu Beginn der zweiten Aufgussrunde verzogen sich einige Teilnehmer von der obersten auf die nächsttiefere Pritsche, und vor der dritten Runde flüchteten plötzlich hartgesottene Stammgäste, die ich bis dahin noch nie vorzeitig einen Aufguss hatte verlassen sehen.

Später auf der Terrasse kam die erfolgreiche Nachwuchseinheizerin auf mich zu und fragte, wie denn ihr Aufguss gewesen sei.

»Prüfung bestanden, würde ich sagen. Wenn man bedenkt, wie viele rausgegangen sind …«

Mit einem verschmitzten Lächeln, aber durchaus selbstbewusst, erwiderte sie: »Ja, ja. Letzten Freitag, da hab ich die Stammgäste auch geschafft!«

Der Reiz des Augenblicks ⌇⌇⌇

Ein Viertelkreis aus Holz: Ich liege ausgestreckt auf meinem Handtuch, genau in der Mitte der Fläche. Es ist still und angenehm warm. An der Decke dicht über mir wechseln strahlenförmig angeordnete Stableuchten in regelmäßigen Abständen ihre Farbe. Ein bisschen fühle ich mich wie ein Passagier an Bord der Enterprise: *der Weltraum – unendliche Weiten.*

Plötzlich wird die Tür des Sanariums aufgerissen: Drei junge Mädchen stürzen herein. Zwei von ihnen breiten ihre Handtücher links von mir aus, die Dritte will sich mangels Platz rechts von mir niederlassen.

»Soll ich ein Stück rutschen? Wollt ihr zusammenliegen?«, frage ich.

Das Mädchen zögert. »Äh … ja«, antwortet sie schließlich, und wir tauschen die Plätze.

Computerlogbuch der Enterprise, Sternzeit … Ich träume mich wieder zurück an Bord und versuche, die Teenies neben mir auszublenden. Doch das gelingt mir nicht, denn die drei unterhalten sich: Sie lästern über einen Jungen, den sie auf einer Party kennen gelernt haben.

Allmählich beginne ich zu schwitzen; bei nur sechzig Grad dauert das einfach länger als in der Neunzig-Grad-Sauna nebenan. Ich muss also noch ein paar Minuten ausharren, auch wenn es mit der Ruhe längst vorbei ist. Während ich notgedrungen das Geplapper und Gekicher der Mädchen mitanhöre, widerstehe ich der Versuchung, einen Blick auf ihre wohlgeformten Körper zu werfen.

Nach einer Weile klettere ich von der Holzfläche herunter. Beim Verlassen des Sanariums mache ich einen Zeitsprung: Jetzt wirkt nichts mehr futuristisch, das Ambiente erinnert an römische Bäder.

Ganz langsam führe ich den kalten Strahl aus dem Wasserschlauch zuerst über meine Arme und dann die Beine hinauf. Dabei höre ich, wie sich helle Mädchenstimmen nähern: Die Nervensägen aus dem Sanarium biegen kichernd um die Ecke und stellen sich unter die Schwalldusche gegenüber. Sie fangen an zu kreischen, weil ihnen das Wasser zu kalt ist. Zwei der Mädchen rennen sofort wieder hinaus, die Dritte hat etwas mehr Durchhaltevermögen. Ich schaue so dezent wie möglich an ihr vorbei, doch einmal treffen sich unsere Blicke. Was soll's, solange ich ihr in die Augen sehe, kann sie zumindest sicher sein, dass ich ihr nicht auf andere Körperteile starre. Kurz darauf verlässt auch sie die Dusche; weit weg können die beiden anderen nicht sein, denn ich höre sie immer noch.

Ich lasse einen letzten kalten Wasserschwall auf meine Schultern prasseln. Als ich danach auf den Gang hinaustrete, sehe ich die drei Grazien nackt vor dem Regal stehen, in das ich vor dem Duschen mein Handtuch geworfen hatte. Sie lassen gerade eine Literflasche Wasser herumgehen – junge Leute tragen ja heutzutage immer und überall die *volle Pulle Leben* mit sich herum. Ich versuche auch diesmal, möglichst unaufdringlich zu gucken, und deute auf das Fach, in dem mein Handtuch liegt: »Entschuldigung.«

Die Mädchen verstummen; sie sehen sich kurz an, beginnen zu kichern und treten ein Stück zur Seite.

Ich wickle mir das Handtuch um die Hüfte und gehe die Treppe hinunter ins Schwimmbad. In der kleinen Halle ziehen drei Männer ihre Bahn. Ich laufe zwischen steinernen Bänken und sieben Meter hohen Travertinsäulen zu der Steintreppe am flachen Ende des Beckens. Der Architekt Reinhold Kiel hat das Stadtbad Neukölln einer antiken Therme nachempfunden. In der Antike haben nur Männer unbekleidet Sport getrieben – heute dürfen das hier Männer *und* Frauen.

Ich genieße es, auf dem Rücken zu schwimmen, ohne mich ständig umblicken zu müssen: Nirgends stehen Möchtegernsportler im Wasser herum, und wir vier Schwimmer kommen uns auch nicht in die Quere.

Leider zieht es bald auch die drei jungen Mädchen in die Schwimmhalle. Paradoxerweise komme ich mir inzwischen wie ein Spanner vor, obwohl ich ihnen nur zufällig immer wieder begegne. Dass ich sie im Sanarium angesprochen hatte, war reine Höflichkeit gewesen, dieselbe Höflichkeit, die ich auch Fahrgästen in der U-Bahn entgegenbringe – kein Grund also, ein schlechtes Gewissen zu haben.

Ich tue so, als bewunderte ich die Hallenarchitektur und das Mosaik über dem Eingang, was bei den vorbeischwimmenden Teenagern jedes Mal aufs Neue eine Kicherattacke auslöst. Halten die mich etwa für prüde, für altmodisch oder für spießig, weil ich sie *nicht* ungeniert angaffe?

Ich schwimme auf sie zu. »Ihr könnt froh sein, dass wir nicht mehr in der Antike leben.«

Die drei stehen im flachen Wasser vor der Treppe. »Wieso?«, fragen sie wie aus einem Mund.

»Weil es damals als anstößig galt, wenn Frauen nackt Sport trieben.«

»Ach, und für Männer galt das nicht, oder was?«, blafft mich mein Augenkontakt aus der Dusche an.

»Nein«, antworte ich wahrheitsgemäß und steige die Stufen hinauf. »Von Männern wurde es sogar erwartet.«

Meine kleine Geschichtslektion verfehlt nicht ihre Wirkung: Die drei tuscheln zwar noch, aber auf dem Weg zum Ausgang verfolgt mich kein dümmliches Gekicher mehr.

»He!«, ruft mir plötzlich eins der Mädchen nach. »Vor hundert Jahren, da war diese Halle nur für Frauen! Da hätten *Sie* hier nichts zu suchen gehabt.«

Stimmt! Als das Bad 1914 eröffnet wurde, gab es nicht nur eine strenge Badekleiderordnung, man badete auch getrennt: Männer in der großen, Frauen in der kleinen Halle. »Okay, okay, ich geh ja schon«, rufe ich zurück – und freue mich insgeheim doch ein bisschen über diese Begegnung, die so weder in der Antike noch unter Kaiser Wilhelm möglich gewesen wäre.

Krokodiljäger ᵕᵕᵕᵕ

Eigentlich fehlte nur noch der Sockel: Einer Statue gleich stand der Junge mit ausgebreiteten Armen und zurückgelehntem Kopf auf der Terrasse. Genüsslich ließ er den Regen über sein Gesicht fließen und an seinem Körper herunterrinnen.

Auch ich liebte es, nach einem Saunagang draußen zu stehen und die Dampfschwaden zu beobachten, die von meinem aufgeheizten Körper aufstiegen; manchmal hatte ich das Gefühl, sie hüllten mich geradezu ein. Ich öffnete die Terrassentür und ging zu dem Jungen hinaus.

Als er mich bemerkte, ließ er die Arme sinken und lächelte verlegen; ich schätzte ihn auf etwa sechzehn.

»Schön, so ein Regenguss direkt nach der Sauna, nicht?«

Er nickte begeistert. »Ja, herrlich.«

»Schnee wäre allerdings noch besser«, ergänzte ich.

»Ja, Schnee wäre noch besser.«

Einen Moment lang schwiegen wir uns an. Erst als ich so wie er die Arme ausstreckte, sah er in mir offenbar eine Art Verbündeten: »Es ist wirklich kaum zu glauben, dass sich ein erwachsener Mann nicht hier raustraut: mein Vater! Der bleibt lieber drinnen, weil er Angst hat, sich zu erkälten.«

»Also, ich finde, so direkt nach dem Aufguss spürt man die Kälte hier draußen überhaupt nicht.«

»Meine Rede«, stimmte der Junge zu. »Aber er ist nicht zu überzeugen.«

»Na ja, das muss schon jeder selbst wissen. Ich war früher mit meinem Vater oft schwimmen, aber in der Sauna? Nein, nie.«

»Oh, schwimmen gehen wir auch – aber am liebsten geht er warmbaden.«

»Ach so. Und allein stürzt du dich auch schon mal in kaltes Wasser?«

»Ja, klar. Und Sie?«

»Kommt drauf an. So ab vierzehn, fünfzehn Grad bin ich dabei.«

Der Junge grinste. »Wir waren im Frühjahr auf Klassenreise an der Ostsee. Das Meer war noch tierisch kalt. Aber zwei Jungs ließen sich davon nicht abhalten. Na ja, die wollten halt den Mädchen imponieren und sind rein. Der eine hat dann seine Freundin nass gespritzt, denn die traute sich anfangs nur mit den Füßen ins Wasser. Hat die geschrien! Aber irgendwann ist sie dann mit rein und rannte kreischend in ihrem nassen T-Shirt herum. Ich glaube, das haben wirklich alle mitbekommen, die gerade am Strand waren. Tja, und dann sind immer mehr von uns rein – war 'ne Riesengaudi.«

»Und das Mädchen? Warum war sie so laut?«

»Keine Ahnung. Einfach so – aus Spaß halt.«

»Vielleicht auch, um Tiere zu verscheuchen«, beantwortete ich schmunzelnd meine eigene Frage.

»Hä? Was denn für Tiere?«

»Ach, es gibt da so eine Theorie: Lärm im Wasser könnte ein angeborenes Schutzverhalten von Kindern gegenüber Krokodilen sein – weil unsere Vorfahren auf Nahrungssuche in Afrika viel durchs Wasser gewatet sind.«

»In der Ostsee gibt es aber keine Krokodile«, spottete der Junge.

»Das nicht. Aber sie zu vertreiben steckt noch immer in unseren Genen.«

Er schüttelte mitleidig den Kopf. »Das glauben Sie doch selber nicht, oder?«

Am Nachmittag liefen mir Vater und Sohn im Gang über den Weg. Der Junge lachte mich fröhlich an. Als ich die Augenbrauen hob und ihm zunickte, erntete ich allerdings einen skeptischen, fast feindseligen Blick seines Vaters.

Erst später auf der Terrasse kamen wir noch einmal ins Gespräch.

»Ich geh jetzt rüber ins Schwimmbad«, verkündete der Junge. »Da sind jetzt 'n paar aus meiner Klasse.«

»Na dann – viel Vergnügen!«

»Danke, werden wir haben. Es ist nämlich gerade Spaßbaden«, fügte er mit leuchtenden Augen hinzu.

»Spaßbaden?«

»Ja. Das ist die Zeit, in der man ungehindert Krokodile verjagen darf!«

⌇⌇⌇⌇ *Feeling Young*

»Hör mal, ich hoffe, du fandst das nicht aufdringlich, dass ich dir vorhin hinterhergekommen bin«, fragte ich ein wenig unsicher. Ich stand nackt vor einer jungen Frau, mit der ich erst vor wenigen Stunden ins Gespräch gekommen war.

»Nein, überhaupt nicht«, antwortete sie.

»Es ist nur, weil ... Deine Mutter hat mir erzählt, dass du hier mal belästigt worden bist. Weißt du, ich bin wirklich kein aufdringlicher Typ und ...«

»Du läufst ja hier auch nicht mit 'nem Ständer 'rum«, fiel sie mir ins Wort.

Mit ihrer ungeschminkten Direktheit brachte sie mich völlig aus dem Konzept. »Tja ... also ... dann mach's gut«, murmelte ich. »Vielleicht sehen wir uns ja mal wieder hier.«

Ihre Augen weiteten sich; offenbar hatte sie nicht damit gerechnet, dass ich gehen würde, ohne auch nur den Versuch zu wagen, mich mit ihr zu verabreden. Stattdessen überließ ich es dem Zufall, ob ich sie jemals wiedersehen würde – sicher nicht gerade schmeichelhaft für ein hübsches Mädchen wie sie. Doch ich war aufgewacht aus meinem Traum – viel zu spät zwar, aber es träumt sich nun einmal leicht, wenn man für jünger gehalten wird, als man ist. Und träumt ihn nicht irgendwann jeder Mensch, den Traum von der ewigen Jugend?

Ich träumte ihn an einem kalten Winterwochenende. Schon seit Jahren traf sich samstags eine feste Gruppe von Sauna-freunden: Man kannte sich, plauderte über Privates, tauschte Geschenke aus und duzte sich mit den Bademeistern.

Als Frühaufsteher hatte ich morgens um zehn aber meist noch eine der Saunen ganz für mich allein. Wie gewohnt breitete ich mein Handtuch auf der obersten Pritsche aus und machte es mir in der wohltuend heißen Luft auf dem Rücken liegend gemütlich. Kaum hatte ich die Augen geschlossen, wurde – völlig unerwartet zu dieser frühen Stunde – die Saunatür aufgerissen. Der Störenfried war – ebenso unerwartet – eine hübsche junge Frau; sie trug ein Handtuch eng um den Körper geschlungen und setzte sich auf die unterste Pritsche direkt neben der Tür.

»Hallo«, grüßte sie freundlich.

»Hallo«, antwortete ich und ließ meinen Kopf aufs Handtuch zurücksinken.

Ihr Gesicht kam mir bekannt vor; ich war sicher, dass ich sie schon einmal gesehen hatte. Verlegen begann ich, meine verspannten Schultern zu massieren. Als ich dabei zu der jungen Frau hinüberschielte, trafen sich unsere Blicke: Sie lächelte kurz und schaute dann durch die verglaste Tür hinaus auf den Gang.

Normalerweise war mir vollkommen gleichgültig, wer mich wann oder wo nackt sah, ob am Strand, an einem idyllischen Badesee oder in der Sauna – diesmal jedoch fühlte ich mich irgendwie beobachtet. Es war eine eigenartige, beklemmende Situation: Ich lag lang ausgestreckt vor ihr, während sie ihren Körper komplett mit einem Handtuch verhüllte. Nicht dass ich zu den Männern gehören würde, die in die Sauna gingen, um nackte Frauen anzugaffen – was mir in diesem Moment durch den Kopf ging, war vielmehr die Frage, was meine schweigsame Saunagenossin wohl gerade über mich und mein vergleichsweise freizügiges Herumliegen dachte.

Ich räusperte mich und sagte zu ihr: »Um diese Zeit ist hier noch richtig viel Platz, das nutze ich immer aus.«

Sie nickte nur.

»So ab Mittag wird's voller«, fuhr ich fort, »dann kann man sich nicht mehr so einfach hinlegen.«

»Donnerstags ist das noch viel schlimmer«, erwiderte sie.

»Donnerstags? Ich dachte immer, am Wochenende wäre mehr los.«

Sie sah mir in die Augen und schüttelte den Kopf. »Rentner.«

»Ach so. Kommen denn donnerstags auch immer dieselben?«

»Mm«, bestätigte sie missmutig. »Und die quatschen und quatschen … Ich will mich entspannen und muss mir stattdessen das Gelaber von denen anhören.«

Pause. Ich fasste mir wieder an die Schulter. »Ich arbeite viel am Computer. Da brauche ich die Wärme hier zum Lockern.«

»Oh, als Tanzlehrerin kann ich die Wärme auch gut vertragen.« Nach einer weiteren kurzen Pause fragte sie plötzlich: »Und Sie gehen immer nur in die Trockensauna?«

Von diesem Moment an wusste ich, woher ich das Mädchen kannte: Eine Zeit lang war sie samstags ziemlich regelmäßig zusammen mit einer Frau in den Fünfzigern gekommen, vermutlich ihrer Mutter. Mit ihr hatte ich durchaus mal die eine oder andere Begrüßungsfloskel ausgetauscht – die junge Frau aber gab sich damals stets völlig unnahbar. Grüßte ich beim Betreten der Sauna – so wie sie es gerade getan hatte –, starrte sie ungerührt vor sich hin und antwortete nicht einmal, und auch wenn wir uns zufällig im Gang über den Weg liefen, hatte sie stets jeden Blickkontakt vermieden.

Es mochte etwa ein Jahr zurückliegen, dass ich die beiden zum letzten Mal gesehen hatte. In Erinnerung geblieben waren sie mir vor allem aufgrund einer Episode während eines Aufgusses: Wie üblich hatte sich die ganze Samstagstruppe zusammengefunden, und der Bademeister schüttete die ersten Kellen Wasser auf die heißen Steine. Plötzlich hörten wir eine Art Schnaufen, begleitet vom rhythmischen Plätschern überschwappenden Wassers. Das Spektakel erinnerte an eine Herde sich im Flachwasser suhlender Nilpferde – in Wirklichkeit waren es drei Russen, die sich nach ihrem Saunagang ausgiebig im Tauchbecken abkühlten.

In den Gesichtern der Saunagäste breitete sich Schmunzeln aus. In dieser Phase trafen sich zum ersten Mal unsere Blicke: Die junge Frau, die ich bis zu diesem Zeitpunkt nur mit todernster Miene hatte herumlaufen sehen, grinste verschmitzt zu mir herüber. Ihre Mutter sprach dann aus, was alle dachten: »Ich glaub, ich bin im Zoo!« Der Funken sprang sofort auf die gesamte Saunagesellschaft über, und angesteckt von dieser fröhlichen Stimmung blickte das Mädchen immer wieder schmunzelnd in meine Richtung.

Wir hatten auch danach nie ein Wort miteinander gewechselt. Dennoch waren ihr offenbar meine Gewohnheiten in Erinnerung geblieben, denn ihre Frage, ob ich nur in die Trockensauna ginge, war eine Anspielung auf das Dampfbad, in dem ich mich – im Gegensatz zu ihr – auch früher nie aufgehalten hatte.

»Na ja, ich mache auch die Aufgüsse mit«, antwortete ich. »Da wird's ja dann auch feucht.«

»Ja, um elf. Da geh ich rein«, erwiderte sie.

»Ich auch.«

»Na, dann sehen wir uns ja nachher.«

Ich nickte. »Bin schon gespannt, wer diesmal den Aufguss macht.«

»*Ich* weiß schon, wer«, antwortete sie mit einem überlegenen Lächeln. »Marcel.«

»Marcel? Oh, super!«, rief ich begeistert.

Marcel war sozusagen der »Star« unter den Bademeistern. Marcel *machte* keinen Aufgüsse – er *zelebrierte* sie. Und er ließ es sich nicht nehmen, jedes Mal mit einer Art Einweisung zu beginnen: Er warnte davor, die feuchtheiße Luft durch die Nase einzuatmen; wem's zu heiß werde, der solle sich einfach eine Stufe tiefer setzen, und wer es gar nicht mehr aushalte, der könne die Sauna selbstverständlich jederzeit verlassen.

»Ich find's immer so witzig, wenn er nachmittags in der völlig überfüllten Sauna seinen Spruch ablässt«, fuhr ich fort. »Es ist doch oft überhaupt kein Platz, um tiefer zu rutschen.«

Das Mädchen grinste nur.

In meiner Euphorie redete ich einfach weiter: »Ich weiß noch: Einmal musste ich samstags arbeiten, da war gerade viel zu tun in der Werbeagentur. War mir zuerst gar nicht recht – ausgerechnet an meinem Saunasamstag! Ich bin dann am Sonntag gegangen. Und wer war an dem Sonntag hier? Marcel! So gesehen war das mit der Arbeit damals gar nicht so schlecht, denn er hätte wohl kaum an beiden Tagen Dienst gehabt.«

Meine Zuhörerin erhob sich lächelnd von ihrem Platz. »Er zieht dich halt magisch an«, raunte sie mir im Hinausgehen zu.

Ich blieb noch ein paar Minuten liegen und genoss meine glückselige Stimmung, meine Freude darüber, dass sich diese sonst so distanziert wirkende junge Frau diesmal ganz locker mit mir unterhalten hatte. Für wie alt mochte sie mich wohl halten? Ich schätzte sie auf zweiundzwanzig und wäre damit mehr als doppelt so alt gewesen. Trotzdem hatte es nicht sehr lange gedauert, bis sie vom *Sie* aufs *Du* übergegangen war.

Kurz vor elf trafen wir uns in der Aufgusssauna wieder. Auch dort saß die junge Frau unten neben der Tür, jetzt allerdings in Begleitung ihrer Mutter. Ich nickte den beiden zu und stieg wie gewohnt hinauf auf die oberste Pritsche.

Eine Stunde später, beim nächsten Aufguss, folgte mir das Mädchen und setzte sich direkt neben mich. So weit oben hatte ich sie noch nie sitzen sehen, auch früher nicht, als sie mich noch völlig ignorierte. Was hatte sie vor? Wollte sie mich etwa näher kennen lernen? Oder mir nur nacheifern und ausprobieren, wie ihr die Hitze so dicht unter der Decke bekam? Um uns herum ließen sich immer mehr Saunafreunde nieder, sodass wir enger zusammenrücken mussten. Ich zog mein Handtuch ein Stück zu ihr hinüber, und dabei streifte meine Hand versehentlich ihr Knie. Wir sagten beide nichts.

»Wir saßen mal hier drin«, begann ich schließlich, »und von draußen kamen so merkwürdige Geräusche: Es hörte sich an, als planschte da eine Herde Nilpferde.«

»Ja, das war ganz lustig«, antwortete sie schmunzelnd, ohne mich anzusehen. Sie erinnerte sich also an die Episode mit den Russen – erinnerte sie sich in diesem Zusammenhang auch an die Art, wie wir uns damals angelacht hatten?

Nachdem Marcel das Wasser für die zweite Runde aufgegossen hatte, wurde meine Nachbarin plötzlich unruhig: Sie tauschte Blicke und Gesten mit ihrer Mutter aus, die unten an der Tür sitzen geblieben war. Dann stand sie auf, schob sich vorsichtig zwischen den schwitzenden Aufgussteilnehmern hindurch und verließ zusammen mit ihrer Mutter die Sauna.

Unter den übrigen Anwesenden entbrannte daraufhin eine hitzige Diskussion.

»Vielleicht sollte den beiden mal jemand sagen, dass man rausgeht, *bevor* du für die nächste Runde aufgießt«, maulte eine Frau.

»Nein, also wirklich: Wenn's jemandem zu viel wird, dagegen kann man nichts machen!«, antwortete Marcel bestimmt.

»Ich meine ja nur: der Zeitpunkt …«

»Sollen die lieber umkippen?«, fiel der Frau jemand barsch ins Wort.

»Aber man muss sich ja nicht unbedingt ganz nach oben setzen«, warf ein weiterer Saunagast ein.

»Nein, nein, die kann doch gar nichts dafür, die junge Frau hier oben. Der war das ja selbst nicht recht, das hab ich ihr doch angesehen«, erwiderte ein anderer Mann.

Um 13 Uhr saß die unfreiwillig Geflüchtete wieder allein neben der Tür. Ich stieß beim Hinsetzten mit dem Hinterkopf gegen die Holzverkleidung einer Leuchte und verzog den Mund zu einem genervten Grinsen. Das Mädchen blickte zu mir hoch und begann, still vor sich hin zu kichern; immer wieder trafen sich unsere Blicke – genau wie damals, während der Nilpferdszene.

In der Runde war inzwischen eine Diskussion darüber im Gange, ob man bei den ersten Anzeichen einer Erkältung noch in die Sauna gehen sollte.

»Ich habe dadurch mal Halsschmerzen weggekriegt«, sagte eine Dame aus der Pro-Fraktion.

»Nee, nee, ich lass das lieber. Ich hab mir hier schon mal richtig was weggeholt«, konterte ein Mann von gegenüber.

Obwohl ich mich normalerweise kaum an den Gesprächen beteiligte, konnte ich zu diesem Thema auch etwas beitragen. Ich wollte die Gelegenheit auch nutzen, um etwas klarzustellen – etwas, von dem ich nicht wusste, ob es für meine neue Saunabekanntschaft überhaupt von Bedeutung war: »Also, ich habe mal den Fehler gemacht, mit leichten Halsschmerzen in die Sauna zu gehen«, begann ich. »Danach lag ich erst mal ein paar Tage flach. ›Das hast du ja prima hingekriegt‹, hat *meine Frau* da gesagt, ›du hast in der Sauna die Viren im ganzen Körper verteilt.‹«

Ich blickte einmal kurz zu dem Mädchen hinunter: Sie hatte aufgehört zu kichern – doch das konnte auch daran gelegen haben, dass sie sich über mein Missgeschick mit der Lampe lange genug lustig gemacht hatte. Wie auch immer: Ich glaubte, ihr auf diese Weise klar gemacht zu haben, dass *ich* nicht wirklich etwas von ihr wollte.

Um 14 Uhr war Marcels letzter Aufguss angesagt. Auf einem gekachelten Vorsprung gegenüber der Saunatür saß die Mutter des Mädchens. »Ich geh da jetzt nicht rein«, begann sie ernst. »Damit die sich nicht wieder alle beschweren. Unverschämt, so was.«

Ich zuckte nur mit den Schultern und fragte mich, was sie dann hier vor der Tür wollte – und wer ihr von der Diskussion in der Sauna erzählt haben könnte.

»Wir gehen jetzt in die andere Sauna da hinten.« Sie wies mit dem Finger den Gang entlang.

Ich sah, dass ihre Tochter dort vor der Eingangstür wartete. »Da gibt's jetzt aber keinen Aufguss«, gab ich zu bedenken.

»Aber dafür hat man dort seine Ruhe. Unmöglich, diese Leute!«

Ich fühlte mich geschmeichelt – nicht nur, weil sie mich offenbar nicht zu *diesen Leuten* zählte, sondern auch, weil sie mich scheinbar zu überreden versuchte, den nächsten Saunagang mit ihr und ihrer Tochter zu verbringen. Vielleicht wollte sie auf diese Weise wiedergutmachen, dass sie ihr den ersten Annäherungsversuch so gründlich vermasselt hatte? Egal – ich ließ sie einfach stehen und verdrückte mich in die Sauna, denn schließlich kam ich ja nicht jeden Samstag in den Genuss von Marcels Aufgusskünsten.

Als ich von meiner üblichen Abkühlungsrunde auf der Terrasse zurückkam, sah ich die junge Frau eine Zeitschrift lesen. Sie blickte nicht auf – warum sollte sie auch? Genau genommen hatte *ich* sie ja angesprochen, und das gleich zweimal! Aber: War sie es nicht gewesen, die morgens zu mir in die Sauna gekommen war und die sich beim Aufguss neben mich gesetzt hatte? Das erste Zusammentreffen mochte vielleicht noch Zufall gewesen sein – aber das folgende?

Etwas später, als ich wieder zu ihr hinüberblickte, stand sie auf und verschwand in der einzigen Sauna, deren Tür ich von meinem Ruheplatz aus sehen konnte. Ich blieb in meiner Ecke sitzen, unfähig, einen klaren Gedanken zu fassen: War auch das jetzt wieder reiner Zufall gewesen? Konnte es wirklich so viele Zufälle geben: ihre Platzwahl während des Aufgusses; dass ihre Mutter mich vor der Saunatür abzufangen versucht hatte; und dass das Mädchen soeben genau in dem Moment aufgestanden war, als ich mich zu ihr umgedreht hatte?

Eines war völlig klar: Würde ich ihr jetzt nachgehen, wäre es ganz offensichtlich, dass ich das mit voller Absicht tat. Es wäre sinnlos, ja geradezu lächerlich gewesen, so zu tun, als käme ich rein zufällig. Dennoch: Je länger ich grübelte, desto mehr keimte in mir der Wunsch auf, ihren vermeintlichen Sympathiebekundungen auf den Grund zu gehen. Unsere erste Unterhaltung lag nun schon mehr als vier Stunden zurück, und ich befürchtete, dass dies jetzt die letzte Gelegenheit sein könnte, noch einmal mit ihr ins Gespräch zu kommen. Aber durfte ich das überhaupt? Darf sich ein verheirateter Mann in der Sauna mit einer fremden Frau unterhalten, von der er noch dazu annimmt, dass sie sich für ihn interessiert? Aber vielleicht war all das ohnehin reines Wunschdenken – Fantasien eines Mannes mittleren Alters, der sich dadurch jünger fühlte, als er tatsächlich war.

Die Minuten verstrichen, und wie immer in Situationen, die eine schnelle Entscheidung verlangten, spürte ich meinen hämmernden Herzschlag. Noch wirkte er wie eine Bremse, hielt mich zurück, kettete mich fest an den Stuhl – doch schon bald gewann meine Neugier die Oberhand, und wie in Trance griff ich nach meinem Handtuch und folgte der rätselhaften jungen Frau in die Sauna.

Als sie mich hereinkommen sah, zog sie die Lippen ein und schien sich ein Lachen zu verkneifen.

»Das ist jetzt mein letzter Saunagang«, sagte ich wie beiläufig, während ich nach oben kletterte.

»Ah ja«, antwortete sie; es klang wenig überzeugt.

Nach einer kurzen Pause fragte sie: »Und du bist also jeden Samstag hier?«

»Jeden zweiten«, korrigierte ich sie.

»Ich komme *jeden* Donnerstag. Nur diese Woche, da habe ich ausnahmsweise mal Samstag frei.«

»Nee, mir reicht's alle zwei Wochen. Und nur im Winter.«

»Im Sommer geh ich auch nicht.«

Für einen Augenblick schwiegen wir uns an. »Mein Vater ist Deutscher und meine Mutter Polin«, begann sie plötzlich.

»Ah«, erwiderte ich nur und nickte.

»Und du?«, fragte sie. »Bist du Deutscher?«

»Ja.«

»Ich frag nur, weil du so dunkle Haare hast.«

»Ist denn das für Deutsche so ungewöhnlich?«

Sie zuckte nur mit den Schultern und lächelte.

»Doch, doch, ich bin in Berlin geboren«, stellte ich klar.

»Ich in Warschau«, erwiderte sie.

In diesem Moment öffnete sich die Saunatür: Es war ihre Mutter. »Ich war gerade im Whirlpool«, sagte sie, »und jetzt ist mir richtig kalt.«

Die junge Frau stand auf. Sie warf ihrer Mutter einen ernsten Blick zu und verließ die Sauna. Ich blieb sitzen, weil ich nicht den Eindruck erwecken wollte, ihr nachzulaufen.

Die Mutter empörte sich wieder über die anderen Saunagäste: »Hier laufen manchmal Leute rum, das glauben Sie nicht! Wie einmal dieser Typ, der meiner Tochter von einer Sauna in die nächste gefolgt ist.« Mit einer ziemlich eindeutigen Handbewegung fuhr sie fort: »Und dann hat er den da gemacht unter seinem Handtuch. Wir haben uns natürlich beschwert, aber die wollten hier nichts unternehmen. Da war gerade so'n alter Bademeister da. Nee, da könne er nichts machen, hat er gesagt. Wir haben uns dann seinen Chef kommen lassen.«

Schlagartig war mir klar geworden, warum die junge Frau ihren Körper auch in der Sauna mit einem Handtuch verhüllte: Nach *dem* Erlebnis fühlte sie sich vermutlich ständig aufdringlichen Blicken ausgesetzt. Aber warum erzählte mir ihre Mutter das alles? Wollte sie mir damit zu verstehen geben, ich sollte ihre Tochter in Ruhe lassen? Vor kaum einer halben Stunde hatte sie doch aber versucht, mich vor der Saunatür abzufangen! Die ganze Geschichte kam mir immer unwirklicher vor.

Ich duschte und stieg ins Tauchbecken. Als ich wieder herauskletterte, sah ich die junge Frau den Gang entlang auf mich zukommen: Sie öffnete die Tür zu der Sauna, die dem Tauchbecken am nächsten lag, und ging hinein. Während ich mich abtrocknete, bemerkte ich, dass sie die Tür einen Spalt weit offen gelassen hatte.

Bis zu diesem Augenblick hatten ihre Blicke, ihr Lächeln und ihre lockere Art wie ein Jungbrunnen auf mich gewirkt, und natürlich spürte ich den Wunsch, diesen Traum festzuhalten – wenn auch nur für einen Nachmittag. Es wäre so einfach gewesen: Ich hätte durch den Spalt hineinlugen und sagen können: »Ich glaube, du hast vergessen, die Tür zuzumachen« – oder so etwas Ähnliches. Stattdessen starrte ich auf die Tür und rieb weiter mit dem Handtuch über meinen längst trockenen Körper. Vielleicht ist das Ganze ja ein Test, versuchte ich mir einzureden; schließlich hatte ich ihr doch vorhin gesagt, dass dies mein letzter Saunagang gewesen sei – wenn ich jetzt zu ihr hineinginge, würde ich mich völlig unglaubwürdig machen. Ich stellte mir vor, dass mich das Mädchen mit einem höhnischen Grinsen empfängt: Was denn, du schon wieder? Nein! Auf keinen Fall sollte sie mich auch nur annähernd so in Erinnerung behalten wie diesen Kerl, der sie damals bedrängt hatte. Mit schnellen Schritten lief ich an der offenen Tür vorbei und verkroch mich in meiner Ecke.

Kurz darauf sah ich die junge Frau den Gang entlanglaufen; als sie an mir vorbeikam, stieß sie einen empörten Seufzer aus. Nur ganz kurz trafen sich unsere Blicke. Sie ging kopfschüttelnd weiter und setzte sich mit dem Rücken zu mir vor das große Fenster neben der Terrassentür. Nach einer Weile kam sie zurück und warf mir im Vorbeigehen noch einmal einen verständnislosen Blick zu.

Ich folgte ihr zu ihrer Liege: »Hör mal, ...«

Der locker hingeworfene Satz, mit dem sie meinen unbeholfenen Erklärungsversuch im Keim erstickte, klingt mir noch heute in den Ohren.

Quellenverzeichnis

Paradiesvögel
Richard Bach, Russell Munson: *Die Möwe Jonathan*, Ullstein
  Verlag, Frankfurt am Main / Berlin 1972; aus diesem Buch
  stammt auch das zitierte »Möwensprichwort«.

Nackte Schimpansen
Jared Diamond: *Der dritte Schimpanse*, S. Fischer Verlag, Frank-
  furt am Main 1994.
Carsten Niemitz: *Das Geheimnis des aufrechten Gangs*, Verlag
  C. H. Beck, München 2004.

Wasserspiele
Arto Paasilinna: *Der wunderbare Massenselbstmord*, edition-
  Lübbe, Bergisch Gladbach 2002.

Marina
Local Hero, Spielfilm, Drehbuch und Regie: Bill Forsyth, Groß-
  britannien 1983.
Carlos Ruiz Zafón: *Marina*, Edebé, Barcelona 2003.

Schildkröten auf Tour
Die Legende um den Fischer Urashima ist nachzulesen in:
Wassergeister aus der Reihe *Verzauberte Welten*, Time-Life Books,
  Amsterdam 1986.
Tierbeobachtung in Berlin: *www.oxly3.de/?p=10556*
Merkblatt Rotwangenschildkröte: *www.sigs.ch/blatt18.aspx*

Latin Lyrist
Gioconda Belli: *El infinito en la palma de la mano*, Editorial Seix Barral, Barcelona 2009.
Gioconda Belli: *El pergamino de la seducción*, Editorial Seix Barral, Barcelona 2005; aus diesem Buch stammt das Zitat.
Juanes: *La camisa negra* aus dem Album *Mi Sangre*, 2004.
Ricardo Arjona: *Desnuda* aus *Sin daños a terceros,* 1998.

Jäger des roten Punktes
Ralf Freiheit: *Menorca – a poc a poc*, Ediciones Xauxa, Es Mercadal, Menorca 2003.

Hindernisbaden
Werner – Beinhart!, Comic-Verfilmung, Regie: Niki List, Gerhard Hahn und Michael Schaack, Deutschland 1990.

Finnland Feeling
Kalevala – Das Nationalepos der Finnen. Hinstorff Verlag, Rostock 1998.

Der Reiz des Augenblicks
Raumschiff Enterprise, Fernsehserie nach einer Idee von Gene Roddenberry, USA 1966–69.
Geschichte des Bades: *www.berlinerbaeder.de/77.html*
Warum zeigt antike Kunst oft Nackedeis?, Spiegel Online, 30.4.2011.

Krokodiljäger
Die Theorie ist nachzulesen in:
Carsten Niemitz: *Das Geheimnis des aufrechten Gangs*, Verlag C. H. Beck, München 2004.